빚 갚는 기술

돈 한 푼 안 들이고 채권자 만족시키기

L'art de payer ses dettes
et de satisfaire ses créanciers sans débourser un sou
by Honoré de Balzac

고전으로
오늘읽기

빛 갚는 기술

돈 한 푼 안 들이고 채권자 만족시키기

오노레 드 발자크 · 이선주 옮김

L'art de payer ses dettes
et de satisfaire ses créanciers
sans débourser un sou

헤이북스

차 례

출간인 서문

《l'Art de mettre sa cravate(넥타이 매는 기술)》[1]의 저자가 이번에 새로운 저서를 세상에 내놓았습니다. 저자 자신의 이야기가 아니라 저자의 삼촌 앙페제 남작의 이야기임에도 불구하고, 이 책으로 수많은 비방자들이 생기고 혹평을 받게 될지도 모릅니다. 생각이 짧은 사람들이 대거 외쳐댈 것입니다. '급할 때 따뜻한 말을 건네며 현금까지 제공하는 채권자들을 무시해도 분수가 있지, 어떻게 이런 식의 경악할 기술을 집필했는지…. 치욕적이고도 가증한 이런 사람은 오히려 교수형에 처하는 게 마땅하다.' 라면서 말입니다.

안 그래도 벌써 갖은 직종의 상인, 제조업자, 중개업

---

1   발자크가 가명으로 1827년에 출간한 책.

자, 주류 판매업자 측에서 불안의 소리가 새어나오고 있습니다. 그도 그럴 것이 상인허가증만 있으면 세상만사 무탈하다고 믿는 사람들, 철학 따위는 밥 먹여주지 않는다고 생각하는 사람들이 있으니까요.

이 책의 출간 소식만으로 벌써 집주인, 식당 주인, 음료·주류 판매업자, 온갖 종류의 양재사, 식료품가게 주인 등등, 하물며 책방 주인에 이르기까지 각종 분야에서 지레 겁을 먹을 것입니다. 검소한 소상인, 쓸데없이 패셔너블한 사람들, 근면한 장인, 이기적인 채권자들 그 누구라도 생각만 해도 치가 떨려서 그동안 깊숙이 묻어두었던 끔찍한 기억들을 소스라치게 깨어나도록 만들 테니까요.

애석한 일이 아닐 수 없지만 19세기 대문호들의 표현처럼, 빛은 나날이 밝게 퍼져가는 것이고[2], 인간은 진보하며[3], 프랑스가 늘 퇴보만 할 수는 없는 것이고[4], 과다하

2 ▷ 프랑수아-르네 드 샤토브리앙(François-René de Chateaubriand)이 한 말.
   그는 프랑스의 낭만파 작가이자 정치인(1768~1848)으로, 대표작 《기독교 정수》 등이 있다.
3 ▷ 도미니크 뒤푸르 드 프라드(Dominique Dufour de Pradt)가 한 말.
   그는 프랑스의 가톨릭 대주교(1759~1837)다.
4 ▷ 막시밀리앙 세바스티앙 푸아(Maximilien Sébastien Foy)가 한 말.
   그는 프랑스의 정치인이자 장군(1775~1825)이다.

게 가진 이들이 있는가 하면 충분히 가지지 못한 이들이 있는 것[5]입니다. 하지만 명심하십시오들. 우리가 이런 특정 업종들만 납득시키는 것이 바로 과오라는 것, 궁극적으로는 사회의 총체적 이익을 염두에 두고 그게 일반적으로 먹혀들지를 따져봐야 한다는 것을 말입니다. 그것만 되새기면 그 나머지는 자동적으로 진전됩니다. 그러니 결국 불편해하는 식료품가게 주인이 있다 하더라도 공중의 이익과 비교해볼 때 이런 개인이 대수겠습니까?

사회가 아무것도 해줄 게 없는 인간들이 프랑스에, 특히 파리에 수두룩한 게 사실입니다. 우선은 그들이 우리 사회에 아무것도 기여하지 않으니까요. 또한 '과다하게 가진 이들이 있는가 하면 충분히 가지지 못한 이들이 있는 것은 확연하다[6]'는 인식만으로도 온갖 방식으로 실행되고 있는 차압에 대항할 권리가 있다는 것조차 상상하지 못하게 합니다.

그렇다면 여기서 제가 언급하고자 하는 개인들은 과연 누구일까요? 강압적으로, 그야말로 착취할 군중을 양산하며 모든 산업을 소유하는 범주를 상정할 때 자발적으

---

5   ▷ 삼촌의 말.
6   ▷ 삼촌의 금언.

로 '가지지 못한 이'의 범주에 가담해버리는 사람들이 있습니다. 여기서 독자들에게 덧붙이고 싶은 것은 이런 사람들을 위해 이 책을 쓴 게 아니라는 점, 그리고 '저지른 범행과 감당 못할 빚으로 삶의 초점을 잃어버려 오직 법적 집행만이 정당해져버린 사람들, 그래서 세상이 완전히 뒤바뀌어버리지 않는 한 딱히 구제 방법이 없어서 오히려 피하는 게 나은 사람들[7]'을 위해 쓴 것도 아니라는 점입니다.

한마디로 말해 게으르고 비생산적이고 뻔뻔스런 이들, 즉 감금시켜야 마땅한 사람들은 대중이 아무리 관대한 시선으로 바라본들 소용이 없습니다. 이런 사람들은 '신용 불량자'로 낙인 찍혀 오히려 소비하는 것 자체가 짐이 되어 무시당하며 서글프게 살아가도 됩니다!

거듭 말하지만 이 책은 이런 부류를 위해 쓴 것이 아닙니다. 대신 자신의 의지와는 무관하게 불가항력으로 나라의 재산 분할을 받지 못한 부류, 육체적·정신적 자질과 사회의 평가 기준을 모두 갖추고 생산적 그러니까 산업에 기여하지만 벌이가 넉넉하지 못해서 정상적으로 살아가기 위해 어쩔 수 없이 빚을 질 수밖에 없는 사람들,

---

7   ▷ 삼촌의 금언.

원리 원칙을 지키고 살아가며 채권자를 의도적으로 괴롭힐 생각이 없지만 상황이 급박하다 보니 어쩔 수 없이 창의적인 방식과 상상력을 동반해서까지 나라의 합법적인 모든 절차를 무시하고 도움을 청할 수밖에 없는 사람들 말입니다.

아, 생산자든 소비자든 소속 계층을 막론하고 돈이 없는 여러분! 한자리를 차지하고 있었지만 그 자리를 잃어버린 여러분! 직업을 찾다가 구하지 못한 여러분! 직업이 있었는데 그 직업 자체가 사라져버린 여러분! 언제 망할지 모르는 독립 언론에 몸담아 글을 쓰는 여러분! 한철의 정치 팸플릿이나 소책자를 만드는 여러분! 언제 끝날지도 모르는 집 짓기를 시작한 여러분! 허울은 멀쩡해 보이지만 파리에 빚을 깔아놓은 여러분! 결국 이 책의 주인공이 겪은 것을 몸소 겪고 있는 여러분! 저자의 관찰과 숙고의 결실을 여러분에게 제공하기 위해 제가 여기서 도대체 얼마나 많은 목록을 나열해야 한단 말입니까!

여러분이 생뜨펠라지Sainte Pélagie[8]에 갈 위기에 처해서 이 책에서 다룬 한두 가지, 아니 서너 가지의 테마를 논

---

8   파리에 있던 감옥. 프랑스혁명 시기에는 정부군이 혁명파들을 잡아가두는 곳이었다. 1899년에 없어졌다.

하는 모습이 벌써 떠오르기도 합니다. 아니 5년 동안 살 집의 계약을 거뜬히 해내는 모습도요…. '공식적인 상권을 보유한 이 소책자'를 늘 소지하고 다니기를. 이 책자만 있으면 체포 영장, 압수영장, 벌금 영장, 즉 돈을 빌리면서 여러분이 쓴 온갖 소장을 피할 수 있을 것입니다. 낡을 정보가 수두룩한 주옥같은 구절구절들과 함께하는 여행, 채권자를 피하기보다는 과감하게 대응할 수 있는 여행으로 여러분을 초대하는 바입니다.

여러분이 아직 사지四肢는 자유로운 만큼 그럴 때일수록 우리 삼촌 앙페제 남작의 이 책을 사서 정독하고 검토하고 익히며 달달 외우기를, 그래서 여러분이 이 책에서 배운 것을 완전히 소화해내기를. 그러고 나면 여기에 명기된 이론은 이론으로만 그치지 않고 당연히 실행으로 이어질 것입니다.

출간인

삼촌에 대하여

파란만장했던 삼촌의 삶

여기서 잠시, 믿기지 않을 정도로 비범했던 인물인 우리 삼촌에 대해서 독자 여러분에게 언급해두려고 합니다. 삼촌은 재산으로 기적을 만들어내는 천부적 자질을 타고난 부류의 사람이었습니다.

삼촌은 아주 젊어서부터 정식 수입이 한 푼 없어도 엄청난 수입이 있는 사람처럼 살면서 우리 사회를 지배하는 거만한 편견, 철학적 어투를 빌리자면, 우리 사회의 어마어마한 도덕적 결함의 우위에서 살아가는 법을 터득하고 있었습니다.

인간이 갈망하고 누릴 수 있는 모든 쾌락을 60년 평생 향유하고 나서, 평소 자신의 남다른 재능과 자질을 높이 평가해주던 유명한 레스토랑에서 최후의 만찬을 하면서 멋들어지게 삶을 마감했습니다.

삼촌은 1761년 4월 1일 생제르맹앙레Saint-Germain-en-Laye[9]에서 태어났습니다. 모친의 사랑과 응석을 아낌없이 받으며 자란 아이들이 흔히 그렇듯, 평화로운 삼촌의 어린 시절에 대해서는 여기서 굳이 언급하지 않으렵니다. 할머니는 할아버지의 사랑을 듬뿍 받으며 살다가 결혼한 지 10년이 지나서야 그 사랑의 첫 결실인 삼촌을 얻게 되었습니다. (우리 부친은 그러고도 10년이 지나서 출생합니다.) 할아버지는 할머니에게 그랬던 것처럼 첫아들에 대한 사랑으로 눈이 멀어서, 한참 뒤에 첫아들에게서 나타나게 될 온갖 종류의 과도한 열정들을 분별할 줄 몰랐습니다. 그렇다 보니 할아버지 자신이 강한 정신력의 보유자였음에도 불구하고 애석하게도 아들 교육에 꼭 필요한 것들을 제공할 수가 없었지요.

할아버지가 집을 떠나 왕실기병연대에서 9개월 동안 생활한 적이 있었습니다. 덕분에 승진하게 되지만 동시에 아들을 옆에서 지켜볼 수 없었습니다. 그렇다 보니 그 역할을 할머니의 지혜에 전적으로 떠맡겨야 했지요. 훗날 이야깃거리가 될 모든 자질을 겸비했던 삼촌, 할머니의 보물인 삼촌은 다른 한편으로 보면 구설수가 될 수 있는

---

9   파리의 서쪽, 센강 가에 있는 소도시. 관광 및 주택 도시다.

수많은 단점들도 가지고 있었습니다.

　가정교사들이 있었지만 삼촌은 그들의 말을 듣지 않았습니다. 라틴어 교사와 춤을 추는가 하면, 댄스 교사 코앞에 대고 폭약을 터트려대고, 미술 교사 호주머니에 촛농을 부어넣고, 음악 교사의 플루트를 병마개로 막아버리기도 했습니다. 할아버지가 잠시 귀가해 있는 동안에도 할아버지의 모자 장식 깃털을 통닭구이 위에다 얹어놓고, 훈장을 자기 멋대로 진열해놓기도 하고, 고양이의 털을 뽑는가 하면 잉크로 카나리아의 콧수염을 그리기도 했습니다. 그런 것을 할머니는 오히려 귀엽게 보았고, 할아버지도 나중에 크면 다 나아진다며 예사로 웃어넘기기만 했습니다. 하지만 그 나중이 되어서도 삼촌은 나아지지 않았습니다. 결국 집안의 그 누구도 삼촌을 감당할 수 없게 되어버려 할머니의 보물을 집에서 떠나보내게 되는데, 그때가 삼촌이 열 살 때였습니다.

　삼촌은 파리에 있는 학교 루이르그랑Louis-le-Grand[10]에 들어가게 됩니다. 거기서 첫 4년 동안은 교묘한 발전을 하게 되는데, 그 발전이란 다름 아니라 타고난 자질을 더

10　파리 중심부에 1560년대 설립된 중등학교. 1682년 루이 14세의 이름을 따서 지금의 교명으로 고친 명문 학교다.

부각시키는 것이었습니다. 교실 안에서는 특별히 뛰어나지 못했지만 교실 밖에서는 남다르게 뛰어나 하루에도 두어 번은 싸움질을 해댔고, 일주일에 다섯 번은 벌을 받았고, 한 달에 스물다섯 번은 경고를 받곤 했습니다. 그렇다 보니 학년 말에는 좌절하지 말고 열심히 하라는 '격려상'을 여러 개 받기도 했지요. 어쨌든 그것도 상이라고 할머니는 아주 기뻐했습니다.

1777년 8월, 당시 잠시 귀가해 있던 할아버지가 방학 기간 동안 아들을 자신의 부대에 같이 데리고 가려는 의도로 파리의 학교로 갔습니다. 아들과 상봉한다는 기쁨에 들떠 학교에 도착해서 아들을 찾으니 … 교장의 얼굴 표정이 잔뜩 굳어지면서 … 아주 어렵사리 말을 꺼냈습니다. … 결국 아들이 세탁소집 딸과 함께 2주일 전에 종적을 감추어버렸으며 어디에 있는지 아무도 모른다는 소식이었습니다. 그때가 삼촌이 열여섯 살 갓 되던 해였지요.

할아버지는 그 소식을 할머니에게는 알리지 않은 채 저녁에 조용히 사르틴 씨를 집으로 불렀습니다. 이러는 동안 삼촌은 세탁소집 딸과 프로망또Fromenteau 거리의 한편에서 보금자리를 마련해놓고 있었지요. 결국 사르틴 씨의 도움으로 할아버지는 아들을 생제르맹으로 데리고

올 수 있었는데, 그때도 아들에게 추궁 한마디 하지 않았습니다. 대신에 학교 공부는 그만하면 되었으니 이제부터는 집에서 학습하라는 결정이 내려진 게 바로 이때부터입니다.

가정학습 환경은 오히려 훨씬 나았습니다. 아침마다 뽐Paume[11]이나 당구를 쳤고, 저녁에는 무도회로 향했습니다. 거기서 만난 사람들을 모친의 집으로 데리고 와서는 부친이 가장 아끼는 포도주를 대접하는가 하면, 여러 사람들에게 닥치는 대로 마차를 빌려가서는 마구 흠을 내놓기 일쑤였습니다. 그러니 그게 고스란히 다 빚이 되었습니다.

화창한 계절에는 시골로 내려가서 사냥개들에게 총질을 마구 해댔는가 하면, 여인들을 임신시켜놓고는 그 남편들, 사냥경비원들에게도 가끔 총질을 해대었습니다. 사냥감은 닥치는 대로 죽이는가 하면 근처 유지들에게서 돈도 빌렸습니다. 그러다 겨울이 되면 일주일에 한 번씩은 복수극을 벌여 총질을 하는 바람에 매달 한 번씩은 체포 영장을 받기도 했습니다.

이런 상황에서 할아버지는 바람이나 쐬며 머리를 식히

11　테니스의 전신. 라켓 없이 손바닥으로 친다.

면 진정될 거라고 여기면서 아들을 여행 보내는 것으로 문제를 해결하려 했지요. 그런데 심사숙고해보라는 의도로 보냈던 곳, 레조드바네르Les Eaux de Bagnères에서 가장 기막힐 일들이 발생하게 됩니다.

바로 거기서 삼촌은 유희의 심지 역할이나 마찬가지인 각종 축제의 연출자가 됩니다. 아직도 기억하는 분들이 있겠지만 그 당시(1784년) 루르드Lourdes[12]에서는 두 시간 만에 뚝딱 축제장이 만들어지고는 했지요. 삼촌이 거기 있을 때 마침 지방 출신의 극단이 상경하던 길에 거기서 잠시 머물고 있었습니다. 두세 편의 연극이나 공연하면서 그 지역 유지들의 돈을 좀 뜯어가려는 심산이었겠지요.

극장을 정식으로 만드는 대신 삼촌은 근처에 있는 넓은 열차 폐허장에 눈독을 들였습니다. 결국 열차는 그 자리에 둔다는 조건으로 그곳을 이용해도 된다는 허락을 받자, 삼촌은 기똥찬 생각을 해내게 됩니다. 기차 위를 뜯어서는 기차 칸들을 반원 모양으로 나란히 정렬시켜 완전히 획기적인 야외극장을 연출해낸 것입니다. 이어 이전에 뚤루즈Toulouse[13]의 주교 소유였던 대형 마차를

---

12   프랑스 남서부 소도시. 1858년 성녀 베르나데트가 바위굴에서 성모 마리아를 만났다고 전해져 성지로 발전했다.

특별석으로 만들었습니다. 이어 마차 두 대를 오케스트라 극단 양쪽에 두었더니 무대 대기실이 뚝딱 생겨났습니다. 그 뒤 열에는 철도선과 기차 위에다 수직 모양으로 길게 관중석을 마련했지요. 그렇게 해놓으니 관객들이 마치 말을 탄듯한 자세로 앉을 수 있는 자리를 갖춘 극장이 되었습니다. 그런 광경이 오히려 어떠한 희극도 자아낼 수 없는 전근대적인 웃음을 자아내게 했지요.

이듬해 삼촌은 어딘지 묘하게 변한 채로 생제르맹으로 되돌아왔습니다. 잃은 게 있는가 하면 뭔가는 새로 보태진 것도 있었습니다. 다름이 아니라 놀음에 대한 맛을 알아온 것입니다. 그로써 삼촌이 지게 되는 다양한 빚을 갚느라고 할아버지는 재산을 조금씩 처분해야 했습니다.

바로 이 시기(1787년)에 삼촌은 부친을 잃게 됩니다. 낙마가 원인이었는데, 그리고 얼마 안 되어 할머니도 할아버지를 따라가셨습니다. 삼촌보다 열 살이나 어리지만 훨씬 철이 들었던 우리 부친이 상속 문제를 담당했는데, 당시 부친은 아직 미성년자였습니다. 조부모가 자식들에게 남겨놓은 재산은 많지도 않았습니다. 삼촌이 그동안 가져간 재산이 원래 자기 몫의 여섯 배가 넘었음에

---

13   프랑스 남부 최대의 교통·산업·문화의 도시.

도 불구하고 달랑 남은 상속금 1만 2000프랑francs을 우리 부친은 삼촌과 나눌 수밖에 없었습니다.

그때가 혁명[14]이 터진 직후여서 친親왕적 성향의 모든 이들이 생사를 걱정하던 시기였지요. 평소 친군주주의적 견해를 과격하게 표출하기로 이미 평판이 나 있던 삼촌인지라, 어디 망명이라도 가 있어야 하지 않을까 우려했습니다. 사실 이유는 그뿐만이 아니었습니다. 당시 재산을 탕진해버린 상태에서 평소 화려하게 생활하는 습성은 그대로여서 이제 돈 빌릴 이들이 없어져버린 탓이었지요.

그래서 삼촌은 레조로 되돌아가기로 결심합니다. 거기서 이런저런 내기 놀음이나 하면서 다양한 벌이를 할 수 있을 것이라는 기대를 잔뜩 품고서요. 삼촌은 1789년 5월 파리를 떠나 그곳에서 독일 함부르크에서 온 젊은 은행가로 행세하게 됩니다. 자신의 명함으로 돈 한 푼 구할 수 없는 처지인데도 삼촌은 저명한 상업 중개인들을 거침없이 언급해대면서 자신이 대단한 상업적 이해관계를 익히 알고 있고, 유럽 전역에 그 분야의 지인들이 깔

---

14 1789년부터 1799년까지 프랑스에서 일어난 시민 혁명. 부르봉 왕조를 무너뜨리고 프랑스의 사회·정치·사법·종교적 구조를 크게 바꾸어놓았다.

려 있다고 했습니다. 독일 프랑크푸르트와 라이프치히에서 최근에 행해진 대형 박람회들에서 자신이 체결시켰다는 어마어마한 사업들에 대해서도 능청스럽게 언급해댔지요. 삼촌의 말을 유심히 듣고 나서 그나마 유일하게 감지할 수 있는 것은 사실상 당시 어떤 유럽의 지도자도 아직 삼촌에게 재정 업무를 전담시키지 않았다는 것, 시대를 감안해 시민들의 번영을 위해 기여할 수 있는 시간을 거기서 그렇게 허비하고 있다는 것이었습니다.

그런가 하면 시베리아의 대리석 광산을 소유하고 있는 러시아의 한 왕자에게는 그것을 이탈리아에 엄청난 값으로 팔 수 있는 방안이 있다고 납득시킨 적도 있습니다. 대리석 시장에서 만난 이탈리아 피렌체의 한 중개인에게 250만 프랑을 받아내서는 그중 100만 프랑을 사업을 확장한다면서 자신이 덥석 써버리기도 했습니다. 결과는 당연히 작은 탁자 위에 깔 대리석만큼도 안 되는 사업 확장이었지요.

1796년 파리로 다시 상경해서 사업을 하다가 1799년 이탈라이 군부에서 무기를 제공하는 일에 몸담게 됩니다. 네덜란드의 피슈그뤼Pichegru 집권[15] 당시 무기를 제공한 군수담당관 중 한 명이 바로 우리 삼촌이었습니다.

그렇게 8년 동안 뭔가 시도하고 실패하기를 반복하며

자신의 자산보다 네 배를 탕진하게 됩니다. 그러다 어느 날 당장 한 푼도 없다고 우리 부친에게 고백하면서 조만간에 레조에 가서 5만 프랑을 벌어올 테니, 그럴 수 있을지 1000프랑을 걸고 자신과 내기하자고 제의했습니다. 물론 그 내기로 어떤 식으로든 삼촌은 돈이 생기게 되고 부친은 영락없이 잃게 될 게 분명했지요.

삼촌은 그렇게 15여 년 동안 당구와 포커, 다양한 놀음들을 닥치는 대로 하면서 생활했습니다. 주로 레조에서 그리고 파리, 독일의 하노버 별장 혹은 그와 유사한 장소들에서도. 남달리 발이 넓어 그렇게 수많은 장소들을 알고 있으니 삼촌의 행복이 그처럼 지속적일 수 있었겠지요. 하지만 삼촌의 진정성이란 게 들이대는 총 앞에 칼로 맞서는 격이라, 수많은 사람들을 자신의 사업 계획에 수락하게 만든 게 사실이지만 그들 누구도 그 계획을 납득한 사람은 없었습니다.

그러다 마침내 40년 이상이나 지속되며 행복을 갈구하는 꿈이 한갓 물거품이 되어버리는 시기가 오게 됩니

---

15 1789년 프랑스대혁명 이후 프랑스 혁명군은 남네덜란드(벨기에)를 장악하여 1792년 프랑스 제1공화국을 형성했다. 1795년에는 네덜란드로 진격하여 중부 도시인 위트레흐트(Utrecht)를 점령했다. 이때 혁명군 사령관이 피슈그뤼(Jean-Charles Pichegru)였다.

다. 1821년입니다. 삼촌은 레조드쁠롬비에르Les eaux de Plombières[16]에서 한철을 보내고 쫄딱 망해서 돌아온 길이었지요. 사정이 그렇다 보니 파리의 생니꼴라당탱St-Nicolas d'Antin 거리에 있는 작은 호텔에 묵으면서 파리나 다른 데서 꽤 먹혀들었던 사업 제안을 다시 여기저기 해 볼 의도였습니다. 그런데 이것을 어쩝니까! 이제껏 한 번도 놓친 적이 없는 당구 블록에 초점이 흐려졌습니다. 카드놀이도 예전처럼 자주 킹 카드를 뒤집지 못했고, 임페리얼 게임에서도 다른 사람들보다 저조했습니다. 그런가 하면 손을 떠는 바람에 카드도 이전처럼 기똥차게 섞지 못했습니다. 쁠롬비에르에서 삼촌이라는 별이 빛을 잃기 시작했다면, 파리에서는 완전히 종적을 감추게 되어버린 것입니다.

가장 어려운 시기에도 평생 호탕한 웃음을 잃지 않던 삼촌이 그렇게 갑자기 우울의 심연으로 빠져드는 모습을 제가 여기서 묘사하기에는 역부족입니다. 전날 카드놀이로 가진 것을 모두 날려버린 삼촌은 그다음 날 아침 성깔대로 법석을 떨었고, 호텔 주인도 만만치 않아 그에 맞서 삼촌의 가방으로 난리를 피웠습니다. 무슨 말인고

---

16   프랑스 동부 소도시. 온천 지역이다.

하니 삼촌의 속옷, 겉옷, 파리의 한 유명한 가구 장인을 상대로 따냈던 귀중한 당구 촉까지 삼촌의 모든 것이 들어 있던 가방을 그동안 밀린 호텔 비용 명목으로 저당물로 처리해버린 것입니다.

이 마지막 상황을 삼촌은 도저히 소화해낼 수가 없었습니다. 그동안 정신적, 육체적 소진 상태였던 삼촌의 건강 상태가 심각할 정도로 악화된 시기가 바로 이때입니다. 삼촌 자신에게는 물론이지만 그의 채권자들에게도 나쁜 소식이었지요. 자산 모두를 탕진해버린 터라 삼촌은 극빈자 치료원에 가기로 과감하게 결심하게 됩니다. 거기 가면 특별한 대우를 받을 수 있을 거라는 기대도 없잖아 있었지요. 40년 동안 놀음을 하다가도 마지막에는 병원비라도 한 푼 챙겨놓고는 했지만 이제는 극빈자 치료원으로 가기로 결심한 만큼 거기로 가기 직전에 있는 돈, 없는 돈 싹 다 잃었습니다. 하긴 몇 푼 챙겨 병원에 갔을 때도 준비해 간 돈은 지난번 빚을 갚는 식이었지만요.

1822년 1월 3일 삼촌은 인내심과 철학을 잔뜩 짊어지고 치료원으로 들어가게 됩니다. 그 외의 평소 즐기던 것들은 치료원 문 앞에 고스란히 조심스럽게 놔두었는데, 거기를 나갈 때 그대로 거기 있다는 보장은 없었지요. 입원 생활은 1년간 계속되었습니다. 그 기간 동안 저는 삼촌에게 해줄 수 있는 위안과 격려를 아끼지 않았습니다. 자주 병문안을 갔고, 도저히 갈 수 없는 날에는 삼촌이 제게 편지를 보내고는 했는데, 자신의 사업 운이 막바지에 와 있다는 것을 느꼈는지, 그렇게 글로 생각을 정리한다는 말을 덧붙이고는 했습니다. 저는 그 편지들을 언젠가는 출간할 생각이었습니다. 거기 담긴 정보의 유용성 외에도 내용이 독창적이라 흥미롭기도 한데다 다양한 시각이 일종의 양념처럼 잘 섞여 있는 글들입니다.

오늘 제가 세상에 소개하는 이 글을 삼촌이 쓴 곳이 이렇듯 극빈자 치료원이었던 거지요.

그해 말(12월 초) 삼촌은 거동이 가능해서 퇴원하게 되었고, 변변치 않은 제 숙소로 와서 저와 함께 생활하게 됩니다. 이제 곧 완전히 파산 상태가 되고 말 거라는 서글픈 생각을 발표한 시기가 바로 그 즈음입니다. 매년 (적어도) 5만 프랑 정도씩[17] 빌려 쓰던 지인들에게 갑자기 죄책감이라도 느꼈던 것일까요? 뭐 그러기까지야 했을까마는 이제 곧 치명적인 순간이 다가오고 있다는 두려움을 느끼며 지내고 있던 터라, 나름 평안하게 삶을 마감하고 싶다는 바람이었는지, 파산 소식을 삼촌 자신이 직

---

17   ▷ 평균치.

접 알리겠다는 의지로 채권자들을 이리저리 수소문했습니다. 채권자들의 수가 무려 222명이나 되었습니다.

삼촌은 5월 19일 그들을 모두 소집시켰습니다. 장소는 뽀르트마이요Porte Maillot[18]에 위치한 질레Gillet 식당이었는데, 400명은 족히 모을 수 있는 규모였습니다. 그들 대부분은 삼촌의 의도가 정확히 뭔지 짐작하지 못했습니다. 하긴 언제는 안 그랬습니까. 재산을 크게 부풀릴 수 있다면서 묘한 증거들을 만들어내던 삼촌의 창의적인 천재성에 오히려 경의와 존경심까지 우러나던 그들 아니겠습니까. 그렇다 보니 모두들 그날 약속 장소로 부랴부랴 왔던 거지요.

삼촌은 걸을 여력도 없다 보니 마차를 타고 거기에 도착하기는 했으나 사실 이동하는 것 자체가 무리인 상태였습니다. 약속 장소에 도착해서는 자신이 앉아서 연설할 자리에 안락의자를 놓아 일종의 단상처럼 준비하게 했습니다. 그 주위로 의자들을 둘러싸 첫 번째 열을 만들고, 그 뒤로는 탁자들을 놓아서 두 번째 열을 만들어놓고 보니 40년 전 바네르에서 뚝딱 만들었던 극장을 연상케 했습니다.

---

18 파리의 서부에 있는 동네.

　채권자들이 모두 자리하자 삼촌은 중간에 위치한 안락의자에 엄숙하고도 덤덤한 자태로 앉았습니다. 우선 목소리를 크게 낼 수 없어서 유감이라는 말부터 했지요. 치료원을 나온 후부터 삼촌의 목소리는 또렷하게 듣기도 힘들 정도였는데, 마치 소중하고 오래된 추억을 되새기며 들어야 하는 말투 같았지요. 삼촌은 힘겹게 조금씩 말을 꺼냈습니다.

　"여러분…."

　삼촌이 주의를 요청하는 동작을 하자 장내에는 심오한 고요가 깔렸습니다.

　"인생이라는 장부가 이제 곧 저에게 문을 닫으라 하고 있습니다. 저라는 계좌가 열려진 지 이제 곧 61년이 됩니다. 그 계좌는 여러분의 것도 제 것도 아닙니다. 오로지 하나님의 것입니다. 이제껏 제 생각과 행동, 그 모두를 담은 제 일지를 이날 이때까지 지켜봐주신 분 말입니다. (이 구절에서 늙은 한 일수꾼이 손으로 십자가를 그었습니다.) 이 엄청난 계좌를 총합해서 제가 얼마나 빚을 지고 있는지, 그 경악할 소식을 제게 통고하려는 하나님의 모습이 벌써 눈앞에 보입니다. 하나님의 은총만큼이나 빚도 영원하다는 것을 보여주시려는 듯 말입니다."

　여기서 222명의 채권자들은 한풀 누그러져 제각기 호

주머니에서 손수건을 꺼내 눈물을 훔치는 듯 보였습니다. 삼촌은 담배 한 모금을 들이마시고 나서 말을 이었습니다.

"비록 하나님 앞에서 총합할 일이 아직 제게 남아 있다고 해도, 숨을 거두기 전에 이처럼 여기 자리한 여러분 각자와 종국적으로 해결할 여력을 그분은 제게 주셨습니다. 네, 저의 마지막 시간이 왔다는 것을 저 자신 느끼고 있습니다. (울먹거리는 소리가 들렸습니다.) 여기 저의 장부가 있습니다. 알파벳순으로 차례대로 빚을 명기해놓은 회계장부입니다. 원칙을 지키며 사업하는 사람이라면 누구나 그렇듯, 사업 첫날부터 마지막 날까지 하나도 빠트리지 않고 속속들이 상세하게 명기되어 있습니다."

어쩐지 채권자들에게 가까이서 보여주기를 꺼리는듯한 삼촌의 장부뭉치에 채권자들의 시선이 하나같이 주목되었습니다.

"원금에다 이자까지 보태서 여러분의 몫이 성명별로 여기에 적혀 있습니다. (다시 누그러드는 분위기) 그런데 여러분, 융통성 좋은 중개인이 흔히 하듯 이 장부에 얼마가 들어왔고 얼마가 나갔는지가 적혀 있다고 여긴다면 오산입니다. (특별히 관심을 보이는 움직임들) 여러분, 그렇지 않습니다. 저는 오히려 이 후자를 여러분들에게 소개할 것입니다. (다양한 움직임들) 그렇다고 여러분이 받을 돈이 100인데 40으로 혹은 20, 10으로 받게 될 것이라고 생각지는 마십시오. (관심이 두 배로 증가) 제가 어찌 그런 짓을 하겠습니까. 그건 사기일 텐데. 그럴 바에야 차라리 여러분에게 한 푼도 안 드리는 편을 택하겠습니다."

그때 무슨 소리인지 분간하기 어려운 웅성거림이 퍼지더니 이어서 여러 사람들이 외쳤습니다.

"한번 들어봅시다! 일단 들어봅시다!"

여기서 삼촌은 콧물을 훔치고 설탕물을 한 모금 마신 뒤에 덤덤하고도 자신 있게 다시 말을 이었습니다.

"네, 여러분. 일단 제 얘기를 들어보세요! … 저의 부친께서 작고하면서 제게 남겨준 것은 고작 몇 권의 얇은 책자뿐이었습니다. 그 속에는 프랑스의 금융 체계에서 개선할 점들이 수두룩하게 적혀 있었지요. … 그런데 그런 책자들이 저를 먹고살게 해줄까요? 그래요. 여러분들에게 한번 되물어보겠습니다."

관중들 중간쯤에서 한 식료품 상인이 그 말에 반응했습니다.

"그렇지. 책자가 밥 먹여주지는 않지."

"저는 그로써 부채에 대한 어마어마한 생각을 품게 되었던 것입니다. 부채란 빚을 절대로 갚지 않으면서도 신뢰에 기반해야 하는, 탄탄한 토대 위에 성립된다는 것을 저는 발견하게 되었습니다. (오, 오! 놀라는 소리) 이 발견에 대한 증거들은 제가 몸소 여러분에게 이미 보여드렸습니다. (요동치는 소리) 만일 이와 관련해서 의심이 간다면 여러분의 장부를 유심히 들여다보시기를 권합니다. 거기서 여러분 자신도 발견할 수 있다고 저는 감히 장담하는 바입니다. (동요가 두 배로 증가) 여러분이 저의 발견을 경청할 시간이 충분히 있을지는 저도 모르겠습니다. (역력한 망설임) 저는 저의 정치적·사회적 삶의 마지막 순간까지 항상 제 의무를 다했습니다. 하긴 어떨 때는 반강제적으로 돈을 빌린 적도 없지는 않았지요. 여하튼 죽음 앞에서나 고백할 수 있는 내용을 이제 여기서 말씀드리자면, 그동안 저는 아주 수많은 사람들에게서 빚을 내기는 했지만 그 대상이 주로 대부호들이었다는 사실입니다."

늙은 한 일수꾼을 제외하고는 대부분 수긍하는 눈치였습니다.

"그런데 말입니다. 여러분과 제가 연관된 돈을 최근에 나라가 발표한 황당한 재정 체제와 한번 비교해보십시오."

청중 속, 중간은 잠잠했고 왼쪽과 맨 오른쪽은 불만스러워 보였습니다.

"제가 방금 발표한 부채, 상각, 그 기간 동안 엄청나게 늘어나는 이자와 비교해볼 때 새 정책은 정말 가소롭지 않을 수 없습니다. 이와 관련해 이후 제 조카가 좀 더 연구해서 정리할 것이고, 그 글을 인쇄해서 저의 발견을 나라 번영의 새로운 원천으로 소개할 예정입니다."[19]

그 말을 듣고 사람들이 약간 웅성거리기 시작했습니다.

"보세요. 여러분! 제가 그동안 여러분의 재산을 늘려주었고 여전히 늘려줄 수 있다는 사실만으로 오히려 여러분이야말로 저의 채무자들이라는 것을 증명하기는 어렵지도 않습니다. 하지만 저는 그러는 대신 여러분과 제가 이제 깨끗하게 빚을 청산한다는 생각을 붙들려고 합니다."

그러자 누군가 외쳤습니다.

"와, 정말 대단하군!"

"자, 여러분! 이제 제 얘기를 종결 지으려고 하니, 특별한 주의를 부탁드립니다. (쥐 죽은 듯이 조용) 저는 부자들에게 모범을 보여주었고, 빈자들을 도왔습니다. 그러니까 여러분의 엄청난 자본 중 얼마를 그 자본이 필요한 다른 곳으로 옮겨간 것뿐입니다. 여러분의 주위에 있는 금

---

19 ▷ 조카 앙페제 남작은 삼촌 앙페제 남작의 마지막 부탁을 엄숙하게 수행했다.

광산을 제가 탐지해서 찾아낸 것이지요. 제가 아니었다면 그 금광은 그냥 무시된 채 아무 쓸모도 없었을 텐데 말이지요. 즉, 여러분의 눈이 백내장으로 세밀히 보지 못하는 것을 제가 대신 봐드린 거지요. 이후의 내용은 제 회고록에서 …. (모두 웅성거림)”

이 말을 하고 나자 삼촌은 채권자들에게 그 정도로 끝나니 오히려 다행인 줄 알라는 식의, 굳이 승리까지는 아니라고 해도 적어도 긍정적인 결말을 보여주려는 노력을 하다가 진이 빠진 채로 안락의자에 풀썩 늘어져버렸습니다.

사실상, 전혀 예기치 않았던 삼촌의 마지막 구절은 그 자리에 있는 사람들에게 상반되는 감정을 동시에 자아내게 했습니다. 한편으로는 삼촌을 죽여버리고 싶다는 생각이 드는 반면, 다른 한편으로는 존경과 경외가 범벅이 되어 입을 쩍 벌어지게 만들었던 거지요.

그러다 채권자들은 너 나 할 것 없이 차츰차츰 자비심에 휩싸이게 되었고, 한 명씩 삼촌이 있는 단상 쪽으로 향했습니다. 연설 후 삼촌이 쓰러지는 바람에 단상에는 식당 주인 질레 씨가 불러놓은 여종업원 두 명이 삼촌 곁에 있었습니다. 이 위대한 시민, 우리 삼촌이 그들에게 건네준, 길게는 40년이나 넘은 온갖 종류의 부채증서들이 그곳에 하나둘 놓여졌습니다.

그러자 삼촌은 잠시 정신이 들어 자신의 발치에 방금 전에 놓인 증서들을 발견하고는 그 증서들을 한꺼번에 다시 보게 된 기쁨이 벅차오르는 것을 자제할 수 없었습니다. 자신의 불굴의 의지를 보여주며 마치 트로피인 듯 손을 번쩍 들어 우주에게 과시하려는 듯 마지막으로 안간힘을 다해 이렇게 소리쳤습니다.

"이제 여러분의 은총에 마지막으로 당부하는 … 단 한 가지 …. 여러분, 제 책이 나오면 꼭 사주시기를 간곡히 부탁드립니다."

모두들 그러겠노라고 다짐했고, 삼촌은 결국 제 두 팔 안에서 마지막 숨을 거두었습니다.

선량한 사람을 그렇듯 갑자기 잃는다는 것은 우리 사회와 채권자들에게 타격을 입힐 수 있는 큰 비극이 아닐 수 없습니다. 삼촌을 잃으면서 그래도 기뻐한 사람이 있었다면 그것은 바로 묘비 석공일 것입니다. 비록 변변찮은 묘지이지만, 묘비에라도 마음에서 우러나는 구절을 새겨서 천재의 묘지를 한층 돋보이게 하는 동시에 후세들에게 영원히 기억하게 한다는 생각으로 석공은 잔뜩 고조되었습니다. 그렇게 삼촌은 몽빠르나스 묘지에 매장됩니다. 다른 말로 하면 1823년 5월 22일 삼촌이라는 인물이 새롭게 탄생했다고도 할 수 있지요. 채권자들 모두 삼촌의 마지막 길을 동행했습니다.

그리고 며칠 지나서 삼촌의 묘지를 덮게 되는 대리석에는 간단하지만 감동적인 문구가 새겨지게 되고, 지금도 그 문구 그대로 읽을 수 있습니다. 존경심뿐만 아니라 삼촌의 재능을 인정하려는 의도로 대리석 깎는 이의 멋진 손으로 다음처럼 새겨져 있습니다.

이 자리에
돈 한 푼 들지 않고 빚을 갚으며
채권자들을 만족시키는 기술의
발명자가 잠들어 있다.
1823년 5월 22일
부디 평화롭게 쉬소서.

삼촌의 명언

삼촌의 다양한 가르침을 고찰하기에 앞서
알아두어야 할 몇 가지 삼촌의 명언과 참신한 생각들.

I. 갚을 빚이 많아질수록 신용은 늘어난다. 감당해야 할 채권자들이 적어질수록 돈 생길 곳은 줄어든다.

II. 빚을 지지 않는 이는 누구든 필연코 파산하게 되어 있다. 왜냐하면 빚을 내면 낼수록 돈은 빠져나가는 법이고, 돈이 빠져나가면 나갈수록 사업이 번창한다는 의미이고, 사업이 번창하면 할수록 돈은 더 벌게 되어 있다.

III. 돈 없는 사람에게 돈을 빌리는 것은 무질서만 더하게 되고, 빈곤만 더 양산하게 된다. 대신에 과다하게 가진 자들에게서 빚을 내는 것은 그 반대로 빈곤층의 부족을 보충하여 사회의 균형을 수립하

는 것이다.

IV.　　누구든 일단 빚을 졌으면 그 빚을 갚아야 하는 것
　　　이 원칙이다. 어떤 방식으로든 말이다. 즉 돈으로
　　　갚든, 돈이 아닌 다른 것으로 갚든.

V.　　예의 없고 과격하기까지 한 채권자는 아무리 합리
　　　적으로 대해봐야 소용이 없다. 그들에게는 갚아
　　　야 하는 금액이 표기된 증서만 보여주면 된다.

VI.　　아무리 이상적인 단체, 정부, 나라라고 할지라도
　　　항상 서로 대립하는 두 개의 당으로 나뉜다.
　　　　한 당: 상처를 입히는 개인들, 즉 강자다.
　　　　다른 당: 상처를 입는 개인들, 즉 대다수다.
　　　　어디에 소속될지 선택은 여러분 스스로 하기
　　　를. 단, (정치에서 하듯) 중간 당이나 혼합 당은 선
　　　택할 수 없다. 왜냐하면 우리가 보기에는 그런 것
　　　은 존재할 수가 없다.

VII.　　어떤 왕국이나 제국도 두 개의 계층으로 이루어진
　　　다. 생산자와 소비자. 생산자는 곧 채권자이고, 소

비자는 채무자이다.

만일 소비자들이 없다면 생산자들이 무용해진다. 따라서 생산자들을 생존하게 만드는 이들이 곧 소비자들이다. 결국 생산자(채권자)는 소비자(채무자)가 그들에게 갚아야 할 것을 못 갚도록 해야 한다는 결론이 나온다. 만일 소비자들이 생산자들에게 갚을 게 하나도 없게 되면 생산자들은 굶어죽을 테니 말이다.

VIII. 한 나라의 번영은 개인의 번영보다는 빚을 진 군중에 항상 비례한다는 사실로 추론해보기를. (영국이 좋은 예다.)

IX. 자산이 그 자산을 가진 자에 의해서만 존재한다면, 세상에 태어나는 누구든 어떠한 식으로든 자산을 가질 권리가 있다.

X. 세상은 과다하게 가진 이들이 있는가 하면 충분히 가지지 못한 이들이 있는 것은 확연하다. 그러니 사회 균형을 수립하기 위해 여러분이 무엇을 해야 하는지 숙고해보기를.

XI.   100명에게 1000프랑씩 동시에 빚을 지는 것보다 단 한 사람에게 한꺼번에 10만 프랑의 빚을 지는 것이 낫다.

XII.   돈이 너무 많아 어떻게 해야 할지 모르는 사람의 수와 돈이 없어 어떻게 해야 할지 모르는 사람의 수는 동일하다.

XIII.   채무자들 중에는 빚을 갚기 시작했는데도 생뜨펠라지 감옥에 수감되어버린 사람들이 있다. 이제껏 한 번도 갚은 적이 없는 사람들보다 앞서서 말이다.

XIV.   사지가 멀쩡한 사람이라면 누구라도 자유를 누릴 권리가 있는 만큼 절대 자유를 빼앗겨서는 안 된다.

XV.   이 세상에는 지구의 어떠한 힘도 감당할 수 없는 두 가지 재앙이 존재하는데, 그것은 바로 페스트 pest와 집행관이다.

XVI.   무슨 수를 써서라도 빚을 갚고 싶지만 갚을 도리

가 없어서 자살하는 것은 가장 어리석은 짓이다. 채권자들에게 갚아야 할 게 있는 것이 사실이지만, 바로 그래서도 살아야지 죽으면 안 된다.

XVII. '내 호주머니에 있는 것보다 남의 호주머니에 있는 것이 훨씬 나아 보인다! 그러니 네 손을 거기서 치워라. 내 손을 거기에 넣게!'

몇 자 되지도 않는 이 말이 바로 보편적인 정서다.

제 1 과

빛

"지난 30여 년 동안 증서, 채권, 정치적 파탄, 파산(국가가 그 좋은 예다.), 이주, 압수, 차압, 위협, (사회) 정화, 점령 등 온갖 방법으로 기존 사회의 재산을 뒤엎고 나서는 하는 말 '제가 갚을 게 하나도 없지요?' … 엄청난 잠재적 자본을 가진 나라가 '절대 빚을 지지는 않겠지요?'라고 뻔뻔스럽게 말해대니 우리는 정말 기막히게 행복한 세기를 살아가고 있다."고 삼촌은 늘 말했다.

내가 이미 언급한 바 있고 계속 반복하게 될 말이지만, 부유한 나라인 프랑스 또한 두 가지 계층으로 구성되어 있다. 채무자층과 채권자층. 다르게 말하면 소비자들과 생산자들이다. 여하튼 여기서는 일단 내가 주목하고자 하는 주제로 되돌아오기로 하자. 즉 빚이란 도대체 무엇이며, 이 단어가 무엇을 뜻할 수 있는지 분명하고도 상세한 방식으로 살펴보기로 하자.

빚이라는 용어 자체의 진정한 의미는 누군가에게 갚아야 하는 어떤 것을 뜻한다. 그뿐 아니라 빚은 우리에게 떠맡겨진 것, 즉 부채라는 의미도 있다. 혼동을 피하기 위해서는 다양한 빚의 본질을 구별해야 한다. 이와 관련해서는 이후 용어 설명으로 보여주겠다.

의무적인 모든 것은 빚이 될 수 있다. 이 말은 곧 의무적이지 않은 것은 빚이 될 수 없다는 의미가 되겠다. 법적으로 자유롭지 않은 광부, 성년이 되지 않아 법적 권한이 없는 미성년자 아들, 막강한 남편을 둔 여자, 즉 보호자(주인), 부친과 남편의 권위 아래에 있는 사람들은 법적으로 어떠한 빚도 없는 것이다.

빚은 말로나 판정, 재판에 의한 다양한 종류의 문서로 생겨날 수 있다. 의무가 되어버리는 모든 종류의 것이 빚의 요인이 될 수 있다. 의식주, 대여, 선불 등등 〈형법〉은 빚을 26가지로 나누는데, 삼촌은 그것을 다음처럼 흥미롭게 해석하고 있다.

알아둘 지식

1. 적극적 빚/소극적 빚

적극적 빚은 채권자의 입장에서 보는 빚을 일컬으며, 바로 부채 그 자체를 칭한다. 예를 들어, 오래전부터 한 식당에서 계속 외상으로 식사를 하고 있다면 외상 기간의 음식값을 총합한 금액이 바로 적극적 빚이다.

적극적 빚에 대립되는 게 소극적 빚인데, 채무자의 입장에서 보는 빚으로 그 차이는 극소할 뿐 거의 유사하다. 같은 식당의 예로 그 차이를 살펴보면, 외상 음식값의 총합이 적극적 빚인 반면 그런 적극적 빚이 있는데도 불구하고 밀린 돈을 안 갚으며 과거에 빚이 없는 듯 계속 그 식당에서 외상으로 식사를 하며 생기는 빚을 일컫는다.

2. 오래된(원조) 빚

담보 형식인 빚으로 다른 종류의 빚에 전제하는 빚이다. 따라서 최초의 빚, 즉 어떤 빚의 원조라고 할 수 있다. 뭐든 처음이 어려운 만큼 다양한 다른 빚과 비교할 때 접근이 제일 어려운 빚이다. 바로 그런 면에서도 가장 쉽게 처분할 수 있는 빚이기도 하다. 뒤에서 보게 되겠지만, 이 빚을 청산하거나 분할(상각)시키는 여덟 가지 방법이 있다.

3. 연간 빚

매해마다 지불되는 일종의 연금처럼 매년 갱신되는 빚이다. 갱신되어도 지불하지 않거나 혹은 기한이 지나버리면 이듬해에는 그 두 배로 갚아야 한다는 식으로 그렇게 계속 증가되는 빚이다. 라틴어로 일명 'debitum quot annis(연간 빚)'인 것이다.

4. 무효 빚

받을 희망이 전혀 없어서 채권자에게 아무런 가치도
없는 빚이다. 이런 빚만 있다면 얼마나 좋겠는가.

5. 분명한 빚

금액이 확실하게 정해져 그대로 인정된 빚이다.

예를 들어, 주인에게 3분기로 집세를 낸다고 했다
면 그게 바로 분명한 빚인 것이다. 그리고 나서 4분
기가 가능해진다면 주인은 세 번까지 확실히 받았다
는 의미가 된다.

6. 조건적 빚

특정 조건 아래에서 생긴 빚이다. 예를 들어, '돈이 생
기면 갚겠다'는 조건으로 돈을 빌렸다면 돈이 생기지
않는 한 갚을 게 없으니 아무것도 건드려서는 안 되는
것이다. 법적인 용어로 하면 'Si navis ex Asiâ (p. 044)
venerit'. 그 뜻은 아시아에서 증기선이 도착할 때다.[20]

---

20   즉, 눈 빠지게 기다려봐야 기약이 없다.

7. 혼동되는 빚

    동일한 대상에 대해서 채권자이면서 동시에 채무자
    인 빚이다. 결과적으로 해당 빚의 본질을 정확히 인
    정하지 않아 특정 개인을 상대로 채권자이자 채무자
    가 되는 것이다. 그러다 그중 하나의 권리를 내세우
    며 혼동을 일으켜 감가상각까지 만들어내기도 한다.

8. 의심스러운 빚

    빚이 무효하다고 인정되지는 않았지만, 받아낼 가능
    성이 없어져버린 빚이다. 주로 채무자가 갚겠다는
    약속을 정기적으로 계속하는 식으로 이루어진다.

9. 꺼진 빚

    더 이상 요구할 수 없게 되어버린 빚을 일컫는다. 이
    미 상각되어버렸거나 더 이상 지불을 요구할 수 없게
    다른 상태로 바뀌어버린 빚인데, 법적 용어로 '프레
    스크립시옹prescription(공소시효)'이라고 한다.

10. 강요할 수 있는 빚

    특별한 조건 없이도 지체하지 않고 바로 법정에서 지
    불을 요구할 수 있는 빚이다.

약속어음, 환어음, 위임장, 서명장 등 부채를 지불하라는 명령이 다양한 방식으로 문서화되는 빚이다.

만일 이런 빚을 졌다면 그 부채로 형성된 자본의 기둥까지 마구 흔들릴 수 있다.

11. 합법적 빚

지불해야 할 의무가 법적으로 정해진 빚이다. 상각을 적용할 수 있는 거의 유일한 빚인데, 상각하는 여덟 가지 방법은 뒤에서 언급하겠다.

12. 합당한 빚

과다하게 부풀려지지 않고 그 정당성이 그대로 인정되는 빚이다.

예를 들어, 전날 알게 된 지인에게 다음 날 갚는다면서 1000프랑을 빌렸다고 하자. 그런데 이자의 언급이나 특정한 증서가 없었다고 해도 이 빚은 서로가 인정한다는 데 기반해서 합당한 빚이다. 반면 지인이 그 돈을 여러 번 요청해도 그 돈을 갚지 않으며 그 돈을 갚았다고 인정해버릴 수도 있다. 물론 갚은 돈이 물리적으로 존재하지는 않겠지만[21] 어쩔 수 없는 것이다.

13. 부당한 빚

합당한 빚과는 상반되게 실제 빚으로 인정하지 않는
빚이다.

14. 액면 그대로 빚

빚이 되는 대상의 액수가 확실하게 미리 정해져 있는
빚이다. 예를 들어, 커피를 외상으로 마셨다면 커피
값은 이미 정해져 있으니 그 액수가 곧 액면 그대로
의 빚인 것이다.

15. 액면 그대로가 아닌 빚

액수가 고정되어 있지 않아 변하는 빚이다. 예를 들
어, 세 명의 채권자들에게 3000프랑을 나눠줄 생각
이라고 하자. 그런데 그들에게 진 빚이 정확히 얼마
인지 산정할 수 없다면, 그들이 제시할 외상금 영수
증을 기다려서 비율적으로 그 분배가 나눠져야 할 것
이다. 이런 빚이 바로 여기에 속한다. 양재사에게 진
빚은 늘 이 종류다. 왜냐하면 옷값 외상은 오래전에
졌지만, 그 자재값은 변하니까.

---

21 즉, 빌렸다는 문서가 없으니.

16. 항변 빛

항변할 수 있는 빛이다. 한 예로, 침구 상인이 최고급 이불이라고 속이며 싸구려를 팔았다고 하자. 여기서 생기는 빛은 그 싸구려 이불값이지 고급 이불값이 아닌 것이다.

17. 사적인 빛

돈으로 갚을 수 있는 모든 빛을 일컫는다. 이게 없다면 빛은 하나도 존재하지 않을 것이다.

18. 특권적 빛

특권을 가진 빛. 간단하게 말하면, 다른 빛에 비해 우선해서 갚아야 하는 빛이다.

19. 깔끔한 빛

적어도 10만 프랑, 많게는 20만 프랑으로 정해지는 금액의 개인 빛으로 그 액수가 너무 많아 결국 나라의 빛 영역으로 전환되는 빛이다. 나랏빛으로 허덕이는 채무국인 나라에게 빛을 삭감해주듯이 이 빛 또한 채무자에게 아무것도 요구하지 않으므로 그야말로 깔끔한 빛이다.

20. 단순한 빚

돈을 한 푼도 내지 않고 뭘 사거나 세를 내거나 빌리
거나 소비하며 생기는, 즉 아무 생각 없이 단순하게
생기는 빚이다. 이 빚이야말로 눈뜬장님 같은 본질
을 가지고 있다.

21. 실제 빚

재정산되지 않은 빚을 칭한다. 예를 들어, 처음 주고
받은 채무증서에 명기된 그대로의 빚이다.

22. 지저분한 빚

구두닦이에게 지는 빚이다. 이 의미를 그대로 보존
하기 위해서도 그 액수가 2.25프랑은 넘지 않도록 해
야 한다. 이 가격은 구두를 맡기며 빌리는 실내화 가
격이다.

23. 가산해보는 빚

만약 그 돈을 쓰게 되면 나중에 얼마가 될지 가산해
보는 빚으로, 우선은 외양만으로 나타나는 가상적
빚이지만, 늘 현실이 되어버리는 빚이기도 하다. 예
를 들어, 나중에 한 푼 벌게 해준다는 친구에게 보증

을 안 써줄 수 없는 것처럼.

24. 사회적 빚

사회생활을 하는 데 필요한 빚. 예를 들어, 이웃 사람과 놀음을 하면서 생겨나는 빚으로 그와 놀음을 계속하기 위해서 그에게 계속 빌리는 빚이다.

25. 연수가 걸맞지 않은 빚

성인도 되기 전에 지게 되는 빚이다. 이열치열이라고, 작고 후에 갚을 수밖에.

26. 일수 빚

법이 정한 연간 이자율 48퍼센트보다 더 높은 연간 이자율을 적용해서 빌려주는 빚이다.

원칙을 지키는 사람이라면 연간 이자율이 48퍼센트보다 더 높은 부채에 서명하는 일은 하지 말아야 한다. 전당포들이 적용하는 방식이기도 하다. 받아가는 돈이 맡기는 물건 가치의 반도 안 되는데도 불구하고 그것으로 만족(즉, 1년에 24퍼센트)하며, 행여 빌린 돈을 갚지 않아 잡혀갈 수 있는 위험도 감수해야 한다. 이와 관련해서는 제9과에서 다시 언급하겠다.

제 2 과

감가상각

원칙적으로 볼 때, 진정으로 아끼는 친구들을 포함해서 주위의 모든 채권자들에게 여러분이 계속해서 돈을 빌릴 수 있는 상태라는 것을 증명해 보여야 한다.

예를 들어, 여러분이 심장마비로 쓰러지거나 하물며 감기라도 걸릴까 봐 늘 염려하며 여러분의 건강 상태에 특별히 관심을 가지는 채권자가 있다고 하자. 어쩌다 보니 여러분이 그들에게 돈을 갚거나 총액은 아니라도 적어도 몇 푼 건넨다고 하자. 그러면 그들이 이전에 보이던 태도를 180도로 바꾸는 것을 보게 될 것이다.

여러분이 돈을 빌린 지인을 우연찮게 만나게 되거나 혹은 어떤 장소에 가고 보니 여러분에 대한 얘기를 하고 있어서 돈이나 어떤 문서를 건네줄 도리밖에 없어서 건넸는데, 그것을 받는 사람의 태도가 갑자기 냉담해져버리는 경우다. 혹여 이런 상황에 처하게 된다면 문서를 내밀거나 절대로 어떤 확답도 하지 말고 간단하게 그냥 막연히 기약만 하면서 그의 따뜻한 정을 계속 유지시키는 동시에 그를 상대로 계속 빚을 내라고 나는 조언해주고 싶다.

삼촌이 놓치고 전하지 않은 진리 하나는 바로, 빚 없이 사느니 차라리 돈 한 푼 없이 사는 게 낫다는 것이다.

물론 빚은 언젠가는 꼭 갚아야 된다는 선입견이 강하

게 박혀 있는 게 사실이다. 그런데 더 이상 갚을 게 없는 그때부터 오히려 소비자들을 잃는 것이나 마찬가지다. 그러니 절대로 갚지 않는 방식으로 시작해서 똑같은 방식으로 마감하기를. 얼마나 반가운 소식인가. 그러다 보면 20년 후에는 2만 프랑이 되고, 똑같은 방식으로 40년 후에는 10만 프랑이 될 것이다. 그 액수가 얼마든지 간에 빚은 여덟 가지 방식으로 청산되거나 상각될 수도 있는데, 그 내용은 다음과 같다.

알아둘 지식

1. 지불에 의해서
    빚을 청산하는 가장 단순한 방법이라는 것을 아무도 부인하지 않을 것이다. 그런데 만일 이 방식을 따른다면 우리 삼촌의 이 저서는 아무런 쓸모가 없다.

2. 어떤 빚을 다른 빚으로 혹은 여러 가지 빚을 한꺼번에 또 다른 여러 가지 빚으로 변환하기
    이런 방식은 사고할 줄 아는 채무자에게 유리하다. 채권자를 헷갈리게 만드는 사고 말이다.

3. 채권자가 나서서 기꺼이 해결해주는 방법

   내가 관찰한 바에 따르면 이런 일은 거의 안 일어난다.

4. 누가 채권자이고 누가 채무자인지 혼동하게 만드는 방법

   이런 식이 되려면 오랜 시간이 필요한 만큼 남다른 인내심이 필요하다.

5. 유효성을 가지는 어떤 공식적인 지시로

   첫 번째에서 설명한 것과 동일하다.

6. 지불 기한을 정해서(프레스크립시옹)[22]

   특별히 기똥찬 방식인 만큼 뒤에서 좀 더 상세히 다루어보기로 한다.

   　프레스크립시옹이란 뭔가를 법적으로 정해진 일정 기간 동안 계속적으로 소유할 수 있는 하나의 방식이다.[23] (아카데미프랑세즈 사전[24])

22　▷ 지불 기한 안에 돈을 내지 않으면 고소할 수 있다는 말은 다른 말로 그 기한이 지나면 채권자가 채무자에게 아무런 조치도 강행할 수 없다는 의미다.

7. 채무자가 법정 소송에서 이겨서

이 방식이야말로 큰일 날 수 있으니 절대 시도하지 말아야 한다. 그렇게 해서 청산되면 좋지만, 그렇지 않고 법정이 채권자의 손을 들어주는 경우를 감안해야 한다. 그렇게 되면 여러분은 그 법이 적용되는 어디에서든 몸을 도사리며 살아야 한다. 법적 분위기가 좀 남다른 노르망디Normandie[25]는 빼고.

8. 채무자가 사망하면서

이 경우에도 채무자의 재산이 하나도 남지 않았다는 것을 문서로 증명하거나 혹여 문서가 없는 경우에는 채권자가 그렇다고 인정해야 한다.

---

23 ▷ 예를 들어, 집주인이 세입자에게 집세 지불 기한의 세 차례에 걸쳐서 집세를 요구하지 않았거나 혹은 세입자가 같은 기간 동안 집세를 내지 않았을 경우 바로 이 기간이 통상적 지불 기간이 되어버린다. 그러다 네 번째 기간이 되었다면 집주인은 지난 집세를 요구할 권한이 전혀 없다. 왜냐하면 세입자는 프레스크립시옹을 들먹이면 되기 때문이다. 즉, 한 푼도 안 든다는 말이다. 일상 거주가 가능한 호텔 같은 경우 프레스크립시옹은 6개월이다. 다시 말해 7개월째가 되어야 집세 청구서를 획득할 수 있다. 그때는 잠시 쉬면 되니까, 이중적으로 이득인 셈이다.

24 1635년 창설된 프랑스 한림원(翰林院)에서 편집하는 사전.

25 프랑스 서북부 지방. 동쪽으로 센강이 흐르고, 서부에는 코탕탱반도가 영국 해협에 돌출해 있다.

빚의 70~80퍼센트는 대개 이 방식으로 자연스럽게 사라진다. 그보다 더 자연스러운 방법은 채무자와 채권자 둘 모두 잇따라 사망하는 경우다. 하지만 이 경우 그중 한 사람의 나이와 그 상대방의 참을성에 좌우된다.

내가 저 앞에서 기한이 정해진 방법, 즉 프레스크립시옹에 대해서 언급하며 돈 한 푼 안 들이고 부채를 청산하는 가장 합법적이고 가장 효과적인 방식이라고 언급한 바 있다. 이와 관련해서 〈시민법droit civil〉 제3권 20장 2271항[26]으로 증명하기는 식은 죽 먹기다. 뭔가를 받아낼 방법이 그것밖에 없다면 그것으로 만족할 수밖에 없는 것이다.

여러분은 원하는 곳 어디에서나 먹고 묵을 수 있고 원하는 무엇이든 배울 수도 있다. 아니 한술 더 떠서 이런 식으로 행하면서 제대로 벌이도 없는 예술가들과 작가들에게 자비롭게 일거리도 제공할 수 있다. 돈 한 푼 안 들이고? 걱정 마시라. 집주인, 식당 주인, 교사, 화가, 작가…

---

26 특정 개인과 주고받는 프레스크립시옹에 대한 내용 중 하나. 과학과 예술 분야의 가정교사, 의식주 제공자, 노동자는 6개월 기준으로 프레스크립시옹을 쓸 수 있다고 적혀 있다.

그들도 반년만 기다리면 시효를 적용할 수 있으니까.

　그러니 고급 호텔 머리스Meurice에 가서 가뿐하게 짐을 풀고, 팔레루아얄Palais-Royal에 있는 고급 식당 샤뜰렝Châtelin에서 매일 식사도 하고, 영어나 독일어도 배우고, 밀레Jean-François Millet[27]나 마담 살바도르 칼로Salvator-Callaut[28]에게 초상화를 그려달라고도 하라. 어디 그뿐인가. 여러분이 능력이 되면 직접 쓰거나 아니면 시인을 시켜서 쓴 시를 연인에게 전하는 것도 마다하지 마라. 이 모두 단 2프랑이면 할 수 있다. 2프랑은 바로 《les cinq Codes(나폴레옹 법)》의 책값인데, 여러분은 그것을 사다가 '2271항'을 연구하고 심층 고찰하면 되는 것이다. 이 항 하나만으로도 진정으로 번영할 수 있는 금광을 얻는 셈이다.

　이 과의 앞부분에서 이미 언급했듯이 어쩌면 빚을 갚을 수도 있다는 알량한 의지로 채권자에게 절대로 선금을 건네주어서는 안 된다는 것을 꼭 명심하라. 이와 관련해, 삼촌은 자신의 경험담을 내게 편지로 보낸 적이 있다. 그것을 여기에 소개하는바, 이것만으로도 충분할 것이다.

27　프랑스의 화가(1814~1875). 경건한 신앙심과 농민에 대한 애정으로 농촌의 풍경과 생활을 그렸다. 작품에 〈만종〉, 〈이삭줍기〉 등이 있다.
28　알려진 자료가 없지만, 당대의 여류 화가로 추정된다.

레조드삘롬비에르에서 한동안 지내다가 상경했을 때, 1년 동안 포부르생제르맹Faubourg Saint-Germain에 있는 최고급 식당에서 매일 외상으로 식사를 했던 적이 있단다. 그 식당에 365일간 개근하고 나니 외상값이 1400프랑 가까이 되더구나…. 그때 나는 아파 드러눕게 되었지. 그런데 그다음 날 아침, 황송하게도 그 식당 주인이 자신의 주치의를 데리고 집으로 찾아왔지 뭐냐. 그 의사 양반은 피를 뽑거나[29] 장을 비우지 않고도 그런 병을 다스리기로 수도권에서 평판이 나 있던 인물이었지. 그렇게 나타난 나의 구세주가 내 손을 조심해서 진맥해보더니 … 좀 우려하는 기색을 보이더구나.

나는 그의 눈치만 살피고 있었지. 의사 양반은 내 병의 심각성 여부를 자신의 신령에게 물어보기라도 하는지, 그러다 부정적인 답변을 들었는지, 좀 진정하려고 애쓰는 듯 보이더구나.

분위기가 요상하게 흘러가고 있는 터라 나는 식당 주인에게 내가 진 빚에 대해서 어떻게라도 안심을 시켜보려고 했지. 그러니까 내가 애초에 정한 원칙대로 신의를 지

---

29 19세기만 해도 사혈(瀉血)이 유럽 전역에 광범위하게 행해졌다. 특히 프랑스에서는 사혈을 위해 거머리를 이용하기도 했다.

키는 사람이고, 내 위장이 아직은 거뜬하다고 말이다.

그런데 의사가 그러더구나. 그렇게 굶고 있으면 오히려 건강을 해친다고. 대신 내게 필요한 것은 특식이라고. 그리고는 그날 저녁 바로 그 섬세한 식당 주인이 고깃국을, 아니 고기의 정수로 만든 마법의 육수를 준비해온 게 아니겠니.

병이 계속 되던 일주일 동안 매일 아침, 두 눈을 번뜩이며 좌우로 왔다 갔다 해야 내 시야에 다 들어올 만큼 널찍한 그릇에 얹혀 오는 뽀또프Pot-au-feu[30]로 시작해서 턱뼈가 웬만해야 썹을 수 있는 잘 그을려 쫄깃쫄깃한 갈비 두 덩어리와 보르도bordeaux 와인이 내게 제공되었단다.

그 특식 덕분에 나는 곧 기운을 회복하게 되었고, 그러자마자 나를 먹여 살린 그 고마운 식당으로 잽싸게 달려 갔지. 식당 주인은 내가 다시 자신의 식탁으로 되돌아온 것을 보고는 반가워 어쩔 줄 몰라 하더구나. 그가 보는 앞에서 나는 마데르madère 와인으로 감미하여 볶은 노루고기를 거뜬히 해치우며 내 회복된 힘을 우선 보여주고는, 이어서 마랑고marengo 소스가 얹힌 닭고기 반 마리까지 먹었단다. 메르퀴레Mercuray 한 병을 들이키고 있자

---

30 고기와 야채를 삶은 수프 요리. 대표적인 프랑스 요리 중 하나다.

니, 또 더 먹을 자신이 생겨나는 바람에 디저트로 체스터치즈와 모카빵도 먹었지. 그야말로 완전한 인간 승리가 아니었겠느냐. 그러다 마라스킨^{Maraskin} 한 잔을 걸치며 승리의 왕관을 썼던 거지.

아, 각별한 그 친구가 얼마나 흐뭇해했는지 그 모습을 네가 봤어야 하는데. 식사하는 동안 내가 칼과 포크질을 하면서 반복해서 움직이는 손동작과 팔 동작을 찬미하고, 견고한 턱뼈와 내뿜는 음식물 향기에 감탄하면서 말이다. 그런 내 모습이 바로 자신의 안식이라도 되듯이 말이다.

그때부터 나는 그 식당에서 한도 끝도 없는 외상이 가능해졌으니, 그야말로 내게는 구세주 같은 생산자가 아니었겠니! 그러니 더할 나위가 없지 않았겠느냐.

이 편지의 이 부분만으로도 지속시키는 빚의 결과가 어떤지 삼촌은 우리에게 잘 보여주고 있다. 그러는 대신 삼촌이 행여 빚을 조금이라도 갚으려 했다면 이런 일이 일어났겠는가.

빚을 갚아서 생기는 나쁜 결과의 대표적인 예를 여기서 하나 더 들어보라면, 근간에 국회에서 통과시킨 바 있는, 한 법안을 들 수 있겠다. 이후 상원에서 그 법안의 무

용성에 대해 확실한 증거를 대는 바람에 프랑스 전역이
들고 일어나서 결국 취소되었던 법안 말이다. 그 법안은
그 본질이야 어떠하든 빚을 갚는 것이 얼마나 끔찍한 일
인지를 잘 보여주고 있다. 채권자에게 빚을 갚는 것은 그
채권자를 쓸모없는 동상으로 만드는 것이며, 채권자의
모든 벌이를 마비시키는 것이며, 상업 자체를 말살하는
것이나 다름없다.

제 3 과
채권자

채권자들 중에는 마음이 여리고 예민한 사람들이 항상 있기 마련이라 빌려준 돈을 전혀 갚지 않는 채무자에게도 정을 주는 이들이 있다. 그러다 채무자와 극친한 사이가 되고 그의 어려운 형편 때문에 도리어 자신이 힘들어하고 우려하면서 때로는 울먹거리기까지도 한다. 대단한 인간 유형이 아닐 수 없다. 일단 그들이 당신에게 정을 붙이면 그들을 떼어놓을 방법이 없다. 채무자 집에 직접 찾아오는가 하면 자기 집으로 채무자를 초대하기도 하면서 행여 24시간 동안 채무자에게 한마디라도 건네지 않으면 자신의 건강에 이상이라도 생기는 듯, 얼굴이라도 한 번 봐야 마음이 안정되는, 아주 드물기는 하지만 이런 채권자들이 존재한다. 하지만 방심하지 마시라. 모두가 그렇지는 않으니까. 이런 식의 도의적인 태도와는 동떨어진 사람들도 나는 수두룩하게 알고 있다.

자연주의자들이 흔히 종, 성, 계층을 구분하듯이 우리도 우선 채권자란 무엇인지부터 짚고 넘어가기로 하자.

채권자란, 타인에게서 뭔가를 받아야 하는 개인을 일컫는다. 이 뭔가란 돈, 분할금, 식량처럼 어떤 명분이나 어떤 이유로 제공할 수 있는 모든 것이다. 그렇더라도 누군가의 채권자라고 진정으로 명명되기 위해서는 바로 이 누군가, 즉 그의 채무자가 자연스럽게 실제로 존재해야 한다.

계약서, 서약서, 인증, 판정 혹은 범죄[31] 등등에 기인해서 채권자가 된다. 채권자들은 모두 담보권을 가지는데, 담보권에는 평이한 것이 있는가 하면 특별한 것도 있다.

채권자는 동일한 부채를 명목으로 여러 가지 행동을 강행할 수 있다. 그런 행동에는 채무자 자신에게나 그의 상속자들에게 행하는 사적인 행동이 있는가 하면, 만일 특정재산과 연관이 있다면 재산 압수 같은 실행을 강행할 수도 있고, 담보권과 연관되어 있다면 빚의 명목으로 해당 담보물을 압류할 수도 있다.

받을 돈이 100프랑 이상이 되면, 채권자는 그 돈을 받아내기 위해 그에게 허용된 모든 법적 권한을 행사할 수 있다. 이런 권한에는 단순한 압류부터 채무자에 대한 신체 속박(이와 관련해서는 제8과에서 특별히 다룬다.)도 해당된다.

그렇다고 해도 채무자의 특정재산, 가구, 주거지를 채권자의 임의대로 가질 수는 없다. 무엇보다도 법적인 권한에 의거하여 그런 것들을 압류하게 한 후 팔아야 한다. 왜냐하면 아무리 채권자라고 해도 채무자의 재산에 모

---

31   불법 사채놀이 등.

든 권한이 있는 게 아니기 때문이다. 법적 용어로 '물권物權'라고 불리는 것을 채권자는 그 물건에 대해서 가지고 있지 않은 것이다. 대신 '대물권對物權'이라는 것에만 권리를 가진다. 다시 말해 채권자는 채무자나 그 상속자에게서 받아야 할 것이나 받아야 한다고 정해진 것만을 쫓을 수 있는 것이다.

빚을 채권자에게 특정 방식으로 분할하게 하도록 강요할 수는 없다. 예를 들어, 빚의 일부만 받게 한다거나 다른 방식으로 받게 한다거나 빚을 타인에게 전도하게 한다거나 지불해야 하는 장소가 아닌 다른 장소를 택해서 받게 하는 식은 안 된다.

여럿이서 함께 무엇인가를 빌려주어 채권자가 여럿인 경우, 채권자 모두 함께 연대적으로 행동하겠다고 특별히 정해서 그들 중 한 명이 나머지 채권자들을 대표해서 빚의 총액수를 강요할 수 있는 경우가 아니라면 채권자들 각자는 자신이 받을 분량이 정해지게 되고 그 분량에 한해서만 채권자가 된다.

채권자라는 공식적인 자격은 증인의 공식적 문서에 항거하거나 판사나 판정하는 이를 거부하는 수단이 될 수도 있다.

예전에 특별히 채권자에게 통용되었던 몇 가지 풍습이

있다.

부르주Bourges[32]에서 채권자는 프레보prévôt[33]나 부아예 voyer[34]의 허락 없이도 채무자의 보증금이나 저당물을 취할 수 있었다.

샤르트르Chartres[35]의 모든 부르주아들에게도 부르주의 채권자와 같은 특권이 있었다.

오를레앙Orléans[36]에서는 빚을 지불하도록 진척시킬 때 정작 채권자는 아무런 권한도 행사할 수 없어서 채권자가 마치 이방인인 듯 취급되었다.

노르망디에서는 완전히 판도가 달랐는데, 법적으로 채권자가 자신의 권리를 행사하는 것이 채무자가 채권자를 대상으로 법적 행사하는 일보다도 까다로웠다. 게다가 노르망디가 채무자와 채권자의 원조지라는 것은 익히 알려져 있다.

32 　프랑스 중부 셰르주의 주도. 부르주성당으로 유명하다.
33 　▷ 이전의 왕정 판사를 일컫는다. 특권층과 그렇지 않은 층의 이익 관계를 익히 알고 있어서, 그런 이익 관계로 고등법원을 열어야 하는지 않은지를 판정하였다.
34 　▷ 도시나 시골에 경찰 복장으로 배치된 경관을 일컫는다. 여전히 존재하지만 요새는 특정한 임무를 띠고 있다.
35 　프랑스 서북부 상업 도시. 제2차 십자군을 창도한 곳이다.
36 　프랑스 중부 도시. 교통 요충지다.

제4과
채무자

삼촌은 한때 아주 이름 나 있던, 그래서 우리도 익히 들어서 알고 있는 유명한 채무자와 친분이 있었다. 이 사람의 빚은 수백만 프랑이나 되었는데, 그건 지금도 여전하다. 다소 뻔뻔할 정도로 호탕한 사람으로 채권자 그 누구도 그에게서 돈 한 푼 받아 내본 적 있다는 사람이 없었다. 반면, 그자는 오히려 금은보화에서 뒹굴며 생활했다. 그는 유럽의 여러 정부와 연을 맺어 거래를 했는가 하면, 자신이 가지지도 않은 자금을 여러 귀족들에게 빌려주기도 했다. 귀족들에게 돈을? 그렇다. 계층을 막론하고 돈 없이 정직한 이들은 수두룩하다. 그러다가 근간에 어떤 사업 하나만으로 시간당 1200프랑까지 벌기도 했는데, 그런 기간이 3개월밖에 지속되지 않아서 오히려 자신이 불행하다고 해댄 인물이다.

그런가 하면 법과 지령서를 하도 교묘하게 요리조리 피하는 통에 그의 재산이 정확히 얼마인지에 대해서나 그 사람 자체에 대해서도 감을 잡기가 힘든 인물이었다. 그는 허수아비나 마네킹을 부리는 사람들인 듯 집 안에 잔뜩 구비해서 살고 있었고, 결혼도 딱 한 번, 그 여자의 이름을 도용할 목적으로 했다. 과연 그를 직면하거나 체포하거나 아니 굴복시킬 수 있을까? 사실 정부는 그를 번연히 바로 눈앞에 두고 있었다. 그래서 그가 돈을 갚게 될까? 그런데 문제는 그를 쫓는 채권자들은 이런 부류의 영악한 채무자를 파악하고 다스리기에는 역부족인 낭만적인 계층이라는 점이다. 그렇다 보니 그들에게 이 사람은 쥐도 새도 모르게 사라져버리는 일종의 증기나 마력 같은 인물이었다.

내가 제10과에서 거창하게 언급하게 될 장소를 사실 그도 방문했다고는 한다. 하지만 그것은 단지 그 장소를 알아두려는 심산으로 모양새만 그랬을 뿐이었다는 소문이다.

애석하게도 이런 부류의 채무자는 현실에서 극히 드물다. 이 책의 독자들인 불행한 소비자들은 이 인물처럼 행동할 꿈조차 못 꾼다.

그러니 여기서는 일반적으로 채무자란 무엇이며, 어떤 경우에 채무자로 간주되는지부터 설명하겠다.

채무자란, 다른 이에게 갚아야 할 게 있는 사람을 일컫는다.

로마법에서 채무자를 'debitor(빌린 사람)' 혹은 'reus debendi(의존되어 있는 사람), reus promittendi(약속한 사람)' 라고 불렀고, 그가 혼자이거나 격리되어 있을 때는 그냥 단순히 'reus'라고도 칭했다. 그 뜻은 '죄인, 고소된 자'라는 의미다. 즉, 채권자를 상정하고 있는 채무자인 것이다.

채권자는 압류를 하거나 험한 말로 채무자를 마음 상하게 하고 무시해서는 안 된다고 성서에는 쓰여 있다.[37] 그런데도 불구하고 이 가르침은 옛날에도 그랬고 지금도 여전히 다양한 민족들 사이에서 제대로 적용되고 있지 않다.

예를 들어, 유태인들은 채무자가 돈을 갚지 않을 경우 채권자는 해당 채무자나 그의 아내, 자식들을 가두거나 혹은 팔아넘길 수도 있었다. 곧 채무자는 채권자의 노예가 되는 것이다.

한편 튀르키Turquie[38]에서는 더 끔찍했다. 무슬림 채권자는 그의 채무자가 약속한 기일을 지키지 않을 경우 무슬림 채무자에게도 'pal(뾰족한 창)'으로 그의 몸을 관통시킬 권한이 있었다. 더구나 채무자가 유태인, 기독교인, 로마가톨릭교인인 경우에는 바로 그 이유로 한술 더 떠서 미끄럽지 않고 꺼칠한 창을 사용했다. 물론 원하면 권위 있는 권력자나 기관에 호소할 수는 있었다.[39]

37　▷ 출애굽기 제22장 25절.
　　대한성서공회의 성경에서 해당 구절을 보면 '네가 만일 너와 함께한 내 백성 중에서 가난한 자에게 돈을 꾸어주면 너는 그에게 채권자 같이 하지 말며 이자를 받지 말 것이며'라고 쓰여 있다.
38　프랑스에서 튀르키예(옛 터키)를 이르는 말.

고대 로마의 〈12표법〉[40]은 더욱 혹독했다. 채무자의 신체를 갈가리 찢어서 채권자들에게 나눠주었는데, 그게 바로 환불의 상징이었다. 대신 채권자가 단 한 명일 때는 그런 식으로 할 수 없었고, 채무자를 경매시장에다 팔게 했다.

인도Inde에서 채권자들은 그렇게 무지막지하지는 않아서 채무자의 아내나 딸(선택할 수 있었다.)과 함께 동침하는 것으로 만족했는데, 그것도 단 한 번만 허용되었다.[41] 욱하는 마음으로 그렇게 했다가 혹여 채권자가 사랑에라도 빠지게 되면 문제가 심각해질 수 있다. 모르긴 해도 이런 식의 풍습으로 생겨난 속담이 바로 '욕정으로 갚는다(Se payer sur la bete)'가 아닌가 한다.

빚을 대신해서 채무자를 집에 하인으로 둘 경우, 그 조건을 무효화시키려면 페틸리우스Petilius 법정에서 더 이

---

39 ▷ 이와 관련해서는 《Histoire de l'Empire ottoma(오토만제국의 역사)》(J. de Hammer)를 참고하길.

40 기원전 451년과 449년의 두 번에 걸쳐 제정된 고대 로마의 최초 성문법. 열두 장의 동판에 민사소송법, 사법, 형법, 제사법, 가족법, 상속법 등을 포괄적으로 새겨서 공시하였다.

41 ▷ 《Voyage d'Arthur-Youngh(아서 영의 여행)》의 번역자가 쓴 《Histoire, civil et commerce des Indes(인도의 시민과 상업의 역사)》에서.

상 채권자가 채무자를 노예로 취급할 수 없다는 판정을 내려야 했다. 이 법은 700년 후 디오클레시앙Dioclétien[42] 황제에 의해 수정되고 보충되어, 그때를 기점으로 채무자의 노예화를 완전히 삭제시켰다. 이러한 내용은 부채와 관련된 의무를 명시한 법에 언급되어 있다. 이로써 로마 시대 428년부터 채권자들은 채무자가 돈을 갚을 때까지 공공 감옥에 수감시킬 수 있는 권한만 가지게 되었다. 삼촌도 말한 바 있듯이 이렇듯 채권자의 역사는 이 세상의 역사만큼이나 오래되었다. 세상에 두 명의 사람이 존재하던 바로 그 순간부터 그중 한 사람은 당연히 다른 한 사람의 채권자/채무자가 되었던 것이다.

한편 쥘 세자르Jules César[43]는 불행한 채무자들의 처지에 측은함을 느껴 전 재산이 압류되어 체포되는 것을 피할 수 있도록 재산 양도의 혜택을 정해서 채무자들이 미

---

42 디오클레티아누스. 로마의 황제(245?~316). 사분(四分) 통치제를 시행하고, 세제(稅制)와 화폐 제도를 개혁하였으며, 전제군주제의 기초를 세웠다. 재위 기간은 284~305년이다.

43 율리우스 카이사르. 로마의 군인이자 정치가(기원전 100~기원전 44). 크라수스·폼페이우스와 더불어 제1차 삼두정치를 수립하였으며, 갈리아와 브리타니아에 원정하여 토벌하였다. 크라수스가 죽은 뒤 폼페이우스마저 몰아내고 독재관이 되었으나, 공화정치를 옹호한 카시우스롱기누스·브루투스 등에게 암살되었다. 《갈리아 전기》, 《내란기(內亂記)》 등의 사서(史書)를 남겼다.

래에 살아남을 희망을 잃지 않도록 했다. 그로써 채무자 노예제와 사형제를 없애고 채무자의 육체를 속박하는 것을 삼가게 했다. 하지만 당시의 채권자는 당시의 채권 자였을 뿐, 여전히 유용하게 쓸 수 있을 '쥘 세자르 법'은 세월과 더불어 빛을 바래고 차츰차츰 선의의 법은 사라 져 악법들만 되살아나는 것 같다.

그런가 하면 골Gaul 시대[44]에 빚을 갚을 수 없는 사 람들은 자발적으로 종이 되었는데, 라틴어로 'addicti homines(종속된 사람)'라고 부른다. 또한 로마 시대에는 빚을 갚을 여력이 없는 사람들이 그 기한을 쉽게 2년 연 장할 수 있었는데, 길게는 5년까지도 가능했다. 프랑스 에서는 1669년의 지령서에 의거하여 판사 혹은 영주조 차도 특별 소인이 찍힌 문서('취소문'이라고 불렀다.)가 아 니라면 기한 연장이나 취소를 할 수 없게 했다. 로마에서 는 동일인이 채권자이기도 하고 채무자일 경우, 자신과 연관된 빚을 상각하는 것으로 빚의 혼동을 만들기도 했 다. 이와 관련하여 삼촌은 '혼동시키는 빚'이라고 정의한 바 있다.

---

44 라틴어로 갈리아(Gallia)는 기원전 고대 로마에 합병된 서유럽의 일부 지역을 말한다.

《Histoire générale des voyages(여행의 일반적 역사)》[45] 책에 보면 역사 속에서 다양한 권력들이 채무자들을 어떻게 다루었는지, 그 이색적인 방식들이 수두룩하게 언급되어 있다. 한편, 조선Corée[46]에서는 정해진 기한에 빚을 갚지 못한 채무자에게 채권자가 매일 15회씩 종아리에 세찬 매질(곤장)을 할 수 있었고, 자식이 진 빚을 부모가 갚아야 했다. 이와는 반대로 프랑스에서는 채권자들이 오히려 채무자들에게 폭력을 당하는 경우가 드물지 않았고, 부모들은 아무리 아끼는 자식이 진 빚이라도 부인하며 안 갚으려 했다.

---

45 앙투안 프랑수아 프레보(Antoine François Prévost, 1753).
46 지금의 대한민국.

제 5 과

필요한 자질들

삼촌이 가르쳐준 대로 실행하면서
채권자와 인연을 끊으려는,
돈 없는 소비자들 그 누구에게나 필요한 자질들

정신적·육체적 자질
숫자와 그 본질
건강과 정신력
심사숙고
활용할 수 있는 예

빚은 있는데 돈은 없고 성격이 감성적이라 채권자를 만족시켜주고 싶은 욕구가 강한 소비자라면 무엇보다도 갖춰야 할 자질이 풍부해야 한다. 자신의 욕구대로 하기에는 그 욕구만큼 재산이 풍부하지 않으니 말이다.

빚을 낼 수 있는 어떤 시도를 하기에 앞서, 자신이라는 사람에 대해 혹독한 검증을 해볼 필요가 있겠다. 이 검증이란 다음과 같은 두 가지 주요 관점에 기반한다.

- 자신의 육체적 자질을 완전히 파악하고 있어야 한다.
- 정신적 자질도 마찬가지다.

이런 점들이 중요한 이유는 무엇보다도, 혹여 자신의 정신적·육체적 자질에 대해 대충 어림값으로 파악하고 있는 경우 잠깐 방심하는 것으로도 큰일이 생길 수 있고, 더 심하게는 생뜨펠라지로 직행할 수 있기 때문이다. 그렇게 되면 그곳에서도 영락없이 혹독하게 육체적 검증들을 치르게 되지 않겠는가. 그러니 이런 검증을 가볍게 보고는 이쯤이면 됐다는 식으로 소홀하게 스스로 학위를 부여해서는 안 될 것이다.

자, 육체적 자질에 대해서는 과다하지 않을 정도로 열여덟 가지의 방식으로 소개하고, 정신적 자질과 관련해서는 이미 원하는 경지에 도달해 있지 않다면 완벽한 경지에 이르기가 쉽지 않은 만큼 단지 여덟 가지로만 다루기로 한다.

알아둘 지식(육체적 자질)

1. 강철 같은 건강(가장 중요한 것 중 하나이므로 뒤에서 좀 더 덧붙이겠다.)

2. 25살부터 45살까지(평균 나이 36살)

3. 키는 165~170센티미터 사이

4. 반듯하고 규칙적인 모양의 두상

5. 꿰뚫어보는 두 눈(흑색이거나 파란색)

6. 가늘고 반듯한 코

7. 32개의 (항상 잘 관리된) 치아로 무장된 큰 입

8. 짧은 머리(흑색, 갈색, 금색 다 무관하지만 되도록이면 흑발)

9. 되도록이면 두터운 몸집

10. 지름 약 46센티미터의 어깨

11. 탄탄한 허리

12. 길고도 굵직한 팔

13. 청동 같은 손(손톱은 항상 짧게)

14. 처지지 않고 탄력 있는 허벅지

15. 사슴 같은 엉덩이

16. 지름 약 36센티미터의 장딴지

17. 가벼운 발

18. 헤라클레스에 버금가는 힘

건강이 무엇보다도 필수적인 육체적 자질이라고 내가 앞에서 언급한 바 있는데, 그게 진리다. 건강해서 만일 70이나 80세 아니 더 나아가 90세까지 살아남는다고 치자. 이 경우 평균 나이는 45세가 되는 셈인데, 이렇게 되면 1년에 하나로 정산해서, 여러분의 44번째 혹은 45번째 채권자를 땅에 묻는 셈이 되는 것이다. 채권자의 사망은 부채를 자연스럽게 상각하게 하는 방법 중 하나라는 삼촌의 말을 앞에서도 언급했다. 채권자가 사라지는 것은 바로 부채가 사라지는 것이라 결과적으로 여러분의 채권자는 여러분에게 더 이상 아무것도 요구하지 않게 된다.

단지 하나님은 인간이 죄지은 채로 죽기를 바라지 않는 만큼 채무자도 채권자의 죽음을 고의적으로 기대해서는 안 되는 것이니, 여기서는 그냥 '채권자들이 적어질수록 돈 생길 곳도 줄어든다'는 원칙만 기억해두기를 바란다.

위에서 언급한 사항들이 유용하고도 탄탄한 자질들이며, 우선적으로 권장할 자질들이다. 권장한다고 말하는 이유는 특별히 주의를 기울이며 체력 단련을 하고 그에 따른 특식을 하며 얻을 수 있는 자질들이기 때문인데, 또

한 같은 이유로 쉽게 잃을 수도 있겠다.

재정부 장관에게 건의하는 바, 채무자들의 이런 자질들을 체크해서 등록해두기를. 한마디로 말해서 이런 자질들이야 말로 채권자들로서는 측정하기 힘든 본질인 동시에 진정한 재산들이기도 하기 때문이다. 결국 이런 자질 하나하나가 그들의 수입을 좌지우지할 수 있기 때문이다.

한편, 정신적 자질로 말할 것 같으면 이것도 유사한 방식으로 정리될 수 있겠다. 여기서는 나도 인정하는 필수적인 사항 여덟 가지를 언급하는 바 그 내용은 다음과 같다.

알아둘 지식(정신적 자질)

1. 자신감(이게 무엇보다도 중요한데, 왜 그런지는 계속해서 보면 알게 된다.)

2. 지구력

3. 채권자만큼의 기억력

4. 전쟁터에서 수류탄 던지는 병사만큼의 냉철함

5. 어떤 상황에서도 꺾이지 않는 용기(그 상황들은 거의
    비슷비슷하겠지만, 뉘앙스가 조금씩 다를 것이다.)

6. 간병인만큼의 참을성

7. 모든 종류의 놀음과 모든 종류의 실전에서 발휘하는
    깍듯함(이 분야 대가들의 가르침을 전수받고 난 후에 그
    자신 또한 그것을 전수하는 데 극도로 중요한 자질이다.)

8. 무지막지한 허기를 견디는 힘(이것이 정신적 자질로 꼽
    힌 것은 근간이긴 하지만, 채무자를 향한 공권의 행세가 매
    일 그 행태를 무작위로 강화하고 있는 만큼 자질이라는 데
    의심의 여지가 없다. 특히 근간에 행해진 공권의 지나친 행
    각은 백일하에 드러나기도 했다. 게다가 위대한 생각들은
    바로 위胃가 대단해서 나오는 법이니까.)

　내가 앞에서 자신감이 정신적 자질 중에서 제일 중요
하다고 한 바 있다. 이것은 단순히 하나의 자질이 아니라
10, 20, 100, 1000…개의 자질에 버금가는 자질이며 하

나의 미덕이기도 하다. 이것 하나만으로도 위에서 언급한 여섯 가지 정신적 자질들을 쉽게 대체할 수 있다.

지구력을 가진다는 게 도대체 뭐겠는가? 그것은 바로 자신이 품고 있는 생각들에 자신감을 가지고 버틴다는 말 아니겠는가. 그러면 기억이란 무엇인가? 추억들에 대한 자신감 아니겠는가. 냉철함은? 위험 앞에서 좌절하지 않는 자신감. 용기는 특정 행동이 나오게 되는 자신감. 인내는 갈망에 대한 자신감, 깍듯함 또한 특정 제스처와 동작들을 그런 식으로 다듬는 일종의 자신감 아니겠는가. 단지 여덟 번째 자질, 즉 배고픔만 자신감으로 대체될 수 없다. 사실상 위가 비게 되면 뭔가를 해볼 기력조차 없는 법이다.

자신감은 원칙적으로 어떤 합리화나 생겨나는 의문에 대하여 주저 없이 결단을 내리고, 확실한 것도 부정하고, 불가능한 것도 물고 늘어지는, 한마디로 증거가 될 수 있는 모든 것들을 딱 잘라 시치미도 뗄 수 있게 한다. '아니다, 그런 것 같다, 그렇지 않다, 불가능하다, 가능하다.' 이런 표현들이 바로 자신감을 가진 사람이 뱉어내는 군더더기 없는 언어인 것이다.

예

첫 번째 채권자

그는 여러분이 빚 갚을 돈이 없다고 생각하고 있다. 이럴 때 알량한 자존심을 내세우며 그 반대라고 절대로 큰소리치지 마라. 그냥 단순히 '그럴 수도…'라고만 응수하라. 그러면 그 사람은 (자신의 말이 맞다고 해주니 잠시) 말을 잇지 못하고 있다가 … (자신의 말이 맞다며) 흡족해한다.

두 번째 채권자

빌려준 돈의 얼마는 갚아주겠노라고 여러분이 약속한 채권자. 갚기로 해놓고 갚지 않으니 여러분은 신용 없다고 비판할 때, 어떻게 해서 그런지 구차하게 설명하려 들지 마라. 그냥 서슴없이 '그런 것 같다…'고만 하라. 그러면 (그 보라면서 자신의 말이 맞다고) 그는 망설이지 않고 응수할 테니, 곧 그가 만족한 것이다.

세 번째 채권자

예를 들어, 집주인이 집세 청구서를 들고 오는척하

면서 집으로 직접 들이닥쳤다고 하자. 그럴 때는 '어찌 이런 일이…'라는 뉘앙스를 띠며 뭔가 감을 정확히 잡기 힘든 시선으로 그를 바라보라. 주인은 두 손에 잡지와 담뱃갑을 들고는 아무렇지도 않게 그럴 수도 있다는 태도를 보인다. 이럴 때 자신감이 없는 사람은 집세가 비싸다는 둥, 좀 깎아달라는 둥 하면서 다투기 일쑤다. 하지만 자신감 있는 이는 '(아무리 그래도) 이건 아니죠!'라고 딱 잘라 말한다. 예의 없는 주인이라면 그 말에 열을 받아 가구들을 팔겠다며 위협까지 한다. 그러면 곧바로 '못 그럴걸요!'라고 되받아라. 주인은 기분이 더 상해서 법적인 압류까지 운운한다. 그런데 가구들이 여러분의 명의로 되어 있지 않다는 것을 발견하고는 기분이 더 상한다. 그때 여러분은 (여러분의 말이 맞았으니) '그 보세요!'라고 하면서 또 한 번 여러분이 옳다는 것을 보여주라. 그러면 두 번이나 틀린 주인은 (기가 죽어) 할 말을 잃은 채 그 자리를 떠날 것이다. 그런데 여기서 문제는 주인이 만족했느냐 아니냐가 불분명하다는 점이다. 이것은 주인의 인성에 달렸다.

결국 자신감이야말로 자신에 대한 신뢰감이라, 여러

분이 단호하고 신중한 남자라는 것을 보여줄 수 있는 것
이다. 그렇다 하더라도 이것만 있으면 생뜨펠라지에 가
는 일은 절대로 없을 것이라고 과신하지는 말기를. 왜냐
하면 자신감이 채무자에게 허용된다 해도 채권자들에게
금지되는 자질은 아닌지라, 채권자도 그런 자질을 가질
수 있다. 그럴 때는 열쇠거리[47]로 가서 거기서 잠잠히 묵
는 수밖에 도리가 없다. 여러분에게 감방을 제시하는 이
에게 아무런 대꾸도 하지 않는 것이야말로 여러분의 위
엄인 것이다. 결국 그럴 수도 있는 것이다.

　이것이 열여덟 가지의 육체적 자질이고, 여덟 가지의
정신적 자질이다. 그래서 총 스물여섯 가지가 된다. 이 자
질들이야말로 돈 한 푼 안 건네고 만족스런 방식으로 채
권자들을 피하는 데 꼭 필수적이다. 만일 여러분이 이 스
물여섯 가지 자질을 완전히 갖추고 있지 않다면 지금의
재정 체제를 따를 수 없다는 의미이니, 차라리 아무런 빚
도 지지 말고 아무런 채권자도 상종하지 않는 편이 낫다.

47　생뜨펠라지 감옥이 있는 거리.

제 6과

구비할 조건들

돈이 없다면 누구든지 빚으로 생활할 수밖에 없다. 그러니 빚이 없다면 빚을 내야 하는 것이다. 일단 빚을 지게 되면 평소처럼 소비하고 사는 데도 원래 필요한 돈보다 빚이 더 많아지게 된다.

이 말이 이미 빚을 지고 있어서 많은 돈을 갚아야 하는 신세인 독자 여러분의 대다수를 경악하게 할 것이다. 그렇다고 해서 여러분이 생산자와 소비자라는 직업에 대해 들어본 적이 없다면 그게 내 잘못은 아니지 않은가.

삼촌이 우리에게 제시하는 목적에 완전히 도달하기 위해서는, 삼촌의 교훈처럼 자신의 사업을 다스릴 줄 알아야 한다. 그렇다면 여기서 자신의 사업을 다스린다는 게 도대체 무슨 의미일까. 그것은 바로 거주하고 먹고 입고 즐기는 것, 즉 한마디로 말해 돈 한 푼 안 들이고 아무런 의무도 지지 않은 채 스스로를 관리한다는 말이다.

이런 것들 중에는 상황에 따라 그 필요성이 더해지는 것도 있고 덜해지는 것도 있는가 하면, 더 혹은 덜 필수적인 것들도 있다. 그 필요성에 의거하여 여기서는 맨 먼저 거주지부터 다루어보기로 한다.

파리에서 자신이 살아야 할 주거지의 동네를 선택하는 것을 절대로 소홀히 여겨서는 안 된다. 반드시 여러분과 채권자(들)의 상황을 고려해서 선택해야 한다. 적어도 자신의 거주지와 채권자(들)의 거주지 간의 원근은 고려해야 한다. 혹여 파리의 12개구 도처에 여러분의 채권자들이 퍼져 있다면 (가능한 한) 성벽 밖, 즉 파리 외벽 쪽을 선택하는 게 좋다. 특별히 채권자들이 적게 사는 동네를 유심히 살피면서 말이다.

집을 계약하기에 앞서 여러분이 선택하려는 아파트의 수위와 안면을 터놓아야 한다. 이와 관련해, 소비자들 중 극히 소수만 자신의 운명에 수위가 얼마나 중요한지를 파악하고 있을 뿐 대다수는 모르고 있다. 수위는 그의 재량이나 변덕에 따라 여러분에게 유용할 수도 있고, 여러분을 망하게 할 수도 있다. 다음과 같이 여덟 가지 방식으로 말이다.

1. 우리가 집에 없는데, 있다고 한다.

2. 우리가 집에 있는데, 없다고 한다. (어떨 때는 이게 더 불리할 수도 있다.)

3. 우리에게 도착하는 편지나 소포를 받아 놓지 않는다.

4. 우리가 받을 필요가 없는 문서들을 받아 놓는다.

5. 우리의 거동을 살피면서 이러쿵저러쿵 말이 많다.

6. 우리에게 중요한 것을 놓치게 한다. 그러니까 우리
   와 관련된 어떤 정보를, 그것을 원하는 자에게 전달
   하는 방식으로 말이다.

7. 건강 상태나 사업 때문에 아침 일찍 긴급하게 움직여
   야 하는데, 아직 개관 시간이 아니라고 계속 자면서
   대문을 안 열어준다.

8. 저녁에 좀 늦게 귀가했다고 문을 안 열어준다. 그래
   서 문을 열두 번씩이나 세게 두드리게 만드는 바람에
   동네방네 난리 나게 만든다.

사실상 수위는 여러분을 하루에도 열두 번 난처하게
만들 수 있다! 수위의 한마디가 여러분의 명성을 완전
히 뒤엎을 수도 있다. 수위와 여러분의 관계는 에조프
Esope[48]가 말하는, 벨베데르의 아폴론Apollon du Belvéder[49]식
세상, 즉 '뛰는 놈 위에 나는 놈 있는' 격이라고 보면 된다.

만일 이름 중 끝 자가 여러분의 이름과 비슷한 다른 입
주자가 있다면, 수위는 여러분이 빌린 돈을 그자에게 가

져다주기도 한다. 여러분이 돈 빌려달라고 보낸 청약서에 대한 답장 편지를 그에게 가져다주는 바람에 여러분 대신 그가 약속 장소에 나가서 돈을 건네받기도 한다. 그런가 하면 채권자가 집으로 들이닥칠 경우, 여러분이 방금 나갔다고 한마디만 하면 그뿐일 것을 군이 침묵을 지키기도 한다. 어디 그뿐인가. 여러분을 만나러 어려운 걸음을 한 애인을 전날 외박했다면서 되돌려 보내기도 한다. 다시 말해 그렇다고 해야 할 것에 안 그렇다고 하고, 안 그렇다고 해야 할 것에 그렇다고 해서 여러분을 아주 난처하게 만든다.

그러니 집주인을 만나보기 전에 먼저 수위부터 만나보라. 그래서 그를 자신의 편으로 만들고, 그에게 마누라가 있다면 그녀와도 친분을 쌓아두기를. 그러니까 그 마누라가 너무 늙지 않았고, 너무 누추하지 않고, 너무 수다

---

48 이솝. 고대 그리스의 우화 작가(기원전 620?~기원전 560?). 그리스 사모스 왕의 노예였는데 우화를 재미있게 이야기하여 해방되었다고 한다. 작품에 우화집 《이솝 이야기》가 있다.
그가 쓴 제우스와 아폴로의 활쏘기 경쟁이 묘사된 신화는, 아폴로가 활을 세게 쏘니 제우스는 그 화살이 날아간 거리만큼 다리를 벌려 화살을 쏘지 않고도 이겼다는 이야기다. 경쟁 상대도 안 될 정도로 강한 이에게 함부로 덤벼들지 말라는 교훈을 담고 있다.
49 바티칸궁전에 있는 '활을 든 아폴로의 동상'.

를 떨지 않고, 너무 호기심이 많지 않다면 말이다. 하긴 그런 이가 극히 드물다는 것은 나도 인정한다.

삼촌은 이런 모든 사항들을 익히 알고는 마음 편하게 아예 수위가 없는 집에 사는 것을 선호했다. 이 경우가 차라리 편하기는 하지만, 그렇다고 단점이 없는 것은 아니다. 그러니 여러분의 수입 원천이 더 생겨나려면 수위가 있는 편이 나을지, 없는 편이 나을지 여러분 입장에서 잘 감안해서 따져보아야 할 것이다.

거주지를 선택할 때 무시할 수 없는 또 한 가지 사항이 있다. 그것은 아파트의 5층 이하 층은 절대로 피하고, 자신의 주거지가 항상 건물 앞쪽, 즉 길 쪽으로 향하고 있어야 한다는 점이다. 그래야 길로 나 있는 창문을 통해 여러분을 둘러싸고 있는 환경을 통제할 수 있게 된다.

예를 들어, 채권자가 여러분의 집으로 오고 있을 때 앞길로 나 있는 창을 통해 마치 수평선 위의 한 점을 바라보듯 멀찌감치 지켜볼 수 있어서 여러분이 누구를 감당해야 할지 마음의 준비를 미리 할 수 있다. 그러다 그의 모습이 가까워지면서 실루엣이 커지기 시작하면, 이제 누군지 확신이 생기게 되는 것이라 이후 어떤 식으로 여러분이 행동할지 결정하는데, 여전히 5분 정도의 여유가 남게 된다. 이런 상황에서 망원 돋보기라도 있으면 멀게 보이는 것이 뚜렷하게 보이게 될 테니, 돋보기야말로 필수품이 아닐 수 없다. 그로써 여러분은 5분을 더 아낄 수 있어서 결국 10분, 생각해볼 시간을 충분히 벌게 되는 것이다.

삼촌은 딱 한 번 생뜨펠라지에 갈 뻔한 적이 있었다(그것도 남을 대신해서)고 고백한 바 있다. 그 이유가 바로 팔레루아얄 동네에 살 때 방심한 채, 앞길이 보이지 않는, 뒤편에 있는 건물의 1층에서 살았기 때문이라고 했다. 그러면서 덧붙이기를, 채권자를 지치게 만드는 거리는 정확히 6킬로미터에다가 보태지는 걸음으로 138보. 아파트에 오른다고 138보를 걷다 보면 지쳐서 기진맥진해질 뿐 아니라 화를 낼 기운도 없어진다고 했다. 그런 상태로 여러분의 집 문 앞에 도착하면 잔뜩 지쳐버려 돈이고 뭐고 일단 어디 앉아서 물 한잔 들이키는 게 급선무가 된다. 아시다시피 돈을 갚는 것보다 의자와 물을 대령하기는 쉬운 법이다.

한편, 가구와 관련해서는 대부분의 소비자들이 편견을 가지고 있다. 즉, 생산자의 기를 누르고 신뢰감을 주기 위해서 고급 가구로 즐비하게 늘어놓을 필요가 있다고 말이다.

이런 사고방식은 멋진 안락의자에 앉는 것이 대단한

걸작이나 마찬가지라고 여기던 샤를르 마르텔Charles-Martel과 페펭르브레프Pépin-le-Bref 시대[50]에나 통했다. 그런데 시대가 바뀌어 요새는 그런 것을 침구로 사용하거나 (급할 때는) 눕지 않고 서서 자기도 하는 통에 이런 것으로 상대방의 기를 죽이는 효과는 더 이상 없으며, 오히려 순진한 아이들을 놀래키는 데나 먹힐 뿐이다.

따라서 가구는 되도록이면 극소수로 구비하되, 대신 극히 독창적이라서 (압류당할 경우) 가격 설정이 애매하여 검토하는 데 시간이 걸리는 게 오히려 낫다. 그런 거창한 것보다는 차라리 실용적인 기계 같은 것을 구비하고 수소가스로 조명을 밝히면서 적이 다가올 때 물리학적으로 방어하는 게 낫다.

삼촌이 바로 이런 식으로 채권자들을 거뜬히 감당해냈다. 삼촌에게는 꽤 큰 전기기계가 하나 있었다. 그 안에 늘 묘한 액체를 잔뜩 담아놓고는 그것을 전선으로 이어서 문의 열쇠까지 이어지게 설치해두면 안심이 된다고 했다. 그러다 참을성 없는 채권자가 집에까지 와서 급하게 문을 열려고 그 위에 손을 대면 마치 무슨 마력에라도 걸린 듯 어떤 강력한 충격을 받게 되었다. 그렇다 보니

---

50   8세기경 프랑크왕국의 왕과 아들.

정말 똥고집의 과감한 사람이 아니라면 그런 시도를 두 번씩이나 해보면서 자신의 몸을 해치는 이는 극히 드물었다. 그만큼 원인과 결과가 물리적으로도 확실하게 드러난 방어책이었다!

누구를 하인으로 둘 것이냐는 여러분의 목적을 달성하느냐 마느냐는 점에서 극히 예민한 사안인 만큼, 그냥 하인 없이 자신이 스스로를 수발하는 편이 훨씬 낫다. 같은 이유로 파출부도 두지 않는 편이 낫다. 혹시 파출부를 둔다면 수위가 탐탁하지 않게 보게 될 테고, 수위의 부정적인 시각은 여러분에게 아무런 도움도 안 된다.

평소 소비자의 습성이 몸에 배어 있다 보니 혹여 도저히 혼자서 집안일을 감당할 수 없는 경우라면, 일석이조로 차라리 수위에게 부탁하라. 이때는 수위가 여자이거나 수위에게 큰 딸이 있는 집이 낫겠다. 그러면 수위 쪽에서 딸에 대한 여러분의 관대함과 은총을 살피면서 여러분을 함부로 대할 수 없게 된다. 그 결과 채권자 종족의 침략을 막을 수 있는 강력한 보조이자 비공식적인 보호자가 여러분에게 생겨나는 것이다.

제 7 과
생활 방식

'다음날 돈이 생길 것이라는 확신을 가지고, 보유하고 있는 돈을 모두 써버리지 말아야 한다'는 말을 삼촌이 자주 했다. 왜냐하면 소비자의 의지와는 무관하게 어떤 특별한 이유, 즉 어떻게도 예측할 수 없고 어떻게도 막을 방법이 없는 이유들이 생겨서 돈이 제때 생기기도 하고 전혀 안 생기기도 하는 법이기 때문이다. 삼촌의 이 말이 옳다는 것을 나만큼 잘 아는 사람은 없을 것이다.

그렇다면 바로 이런 경우를 한번 상정해보고, 평소에 도대체 어떤 생활 방식으로 대처하는 게 좋은지 여기서 다뤄보기로 하자. 어떠한 경우나 어떠한 전제 조건에서도 소홀히 해서는 안 되는 유일무이한 생활 원칙들이 있다.

되도록이면 거래는 항상 부유한 제공자와 해야 한다. 그 이유는 다음과 같다. 일단 그들이 다루는 물건들의 질이 좋다. 계속 거래를 하게 될 것인 만큼 충분히 갖지 못한 여러분이 이렇게 과다하게 가진 사람들과 거래하는 것은 결국 균형을 수립하게 하여 그들에게나 여러분 자신, 즉 양측 모두에게 진정한 서비스를 제공하는 것이다. 이런 사안에 여러분이 관심을 가지지 않으면 도대체 누가 관심을 가진단 말인가. 풍족한 그들의 가게에서 여러분이 잡게 되는 것은 그들이 풍요롭다 보니 눈에도 띄지 않는, 하지만 확실히 존재하는 빈틈이다. 여러분이 창출해내는 소비 덕분에 다른 소비자들이 이어져 그 가게들은 이 제 빈틈 하나 없이 가득 채워지게 되는 것이다.

이런 원칙을 따르다 보면 집주인도 모든 게 넘쳐나는 주인을 선택하게 되는 것이라. 그렇게 되면 주인이 세금 을 내기 위해 여러분의 집세만 목이 빠져라 기다리지는 않을 것이다. 파리의 도처에 부자 주인들이 존재한다는 것은 모든 세입자들이 알고 있는 바, 그런 곳을 찾기는 어렵지 않을 것이다.

여러분이 팔레루아얄에서 점심을 먹고 이탈리아 대로 에서 저녁을 먹게 되면 그곳에서 당연히 돈을 내야 한다 고 아마도 생각할 것이다. 그런데 전혀 그렇지 않다. 그 들의 번창은 손님이 몇 명이냐, 아니 오히려 돈을 내지 않는 손님들이 몇 명이냐에 기반한다. 무슨 말이냐면 이 런 손님들은 음식을 선택할 줄 아는 이들이라, 스스로 저 녁 메뉴를 결정할 줄은 모르지만 식사비는 낼 줄 아는 사 람들을 끌어올 수 있기 때문이다. 그렇다 보니 결과적으 로 더 많은 소비를 창출하게 된다. 식사비가 싼 집에서 사람들은 외상을 하지 않는다. 왜? 몇 푼 안 되는 것은 모 두들 내니까. 하지만 내가 여러분에게 언급하는 이런 거 창한 식당들에서는 20프랑짜리 식사비를 지불할 수 없 는 소비자가 도리어 그 몇 배의 벌이를 하게 해준다는 것을 이미 감지하고 있다.

　단지 자신의 식당에 와서 앉아 있어주는 것으로 돈까지 지불할 이름 난 식당주인들을 나는 알고 있다. 하루 종일 식당의 한 자리를 차지하고는 종업원을 불러(친근감을 보여주기 위해 특히 세례명으로 불러) 그 집에서 유명한 샴페인을 주문해 거품이 나게 따르게 하면서 말이다. 그러다 돈을 아끼고 식욕 발생 속도가 느린, 행인들이 그런 여러분의 모습을 보게 되면 일종의 만찬 전시효과를 내게 되어 저절로 군침을 흘리게 되는 것이다.

　한편, 여러분은 먹고 싶은 것을 실컷 먹고 나서 자리에서 일어서면서 마치 돈을 꺼내듯 조끼의 금빛 단추 쪽으로 손을 가져가서는 결국 이쑤시개 하나만 달랑 꺼내들면 된다. 그러고 있으면 벌써 식당 지배인이 눈치를 채고는 존중의 표시로 살짝 고갯짓만 해보일 것이다. 그런 상황에서 굳이 거창한 인사말까지 건네면 오히려 공격적으로 보일 테니까. 여러분도 살짝 고갯짓만 하고 카운터 쪽의 여자 종업원에게 찡긋 눈길을 돌리노라면, 그녀는 지극한 감사의 태도를 보일 것이다. 왜냐하면 여러분이 거기서 보여준 식욕으로 보아 돈을 아주 많이 냈을 것이라고 믿을 테니까.

　농담이 아니라, 사실 파리의 최고급 식당들에는 이런

원칙을 지키는 소비자들의 수가 하루에 6명 정도씩 헤아린다.

의상으로 말할 것 같으면 바르드Bardes 말고는 절대 옷을 맞추지 마시라. 이 사람은 전쟁부 장관의 명령만 떨어지면 24시간 만에 프랑스군 전체의 군복을 뚝딱 만들어낼 수 있을 정도로 아주 생산적이다. 그러니 여러분의 양복 한 벌, 바지 두 벌, 조끼 네 벌 정도가 대수이겠는가. 여러분이 의상비를 지불한다는 말을 꺼내기도 전에 벌써 옷이 완성된다. 행여 그가 여러분의 집으로 오더라도, 그것은 외상값 때문이 아니라 같은 가격에 여러분이 폴란드 스타일을 원하는지 외투를 원하는지를 물어보려는 의도라는 것도 기억해두라.

그런가 하면 신발은 사코스키Sakoski. 그는 패셔너블한 모든 사람들과 재정부 장관의 구두까지 담당하고 있다. 그러니 어찌 여러분의 발 크기 재기를 마다하며, 그의 두꺼운 장부에 여러분의 이름을 빠트리겠는가.

속옷은 꾸르Cour 속옷집으로 가라. 거기만큼 외상이 잘 통하는 곳도 없다. 그래서 외상 하나를 더하거나 덜한들 그리 차이도 나지 않는다. 게다가 여러분 같은 소비자들이 거기에 하도 많다 보니 쉽게 섞여버려 표시도 안 날 것이다.

여러분이 찾아서 상대해야 하는 생산자들은 바로 이런 사람들이다. 이런 곳에서라야 그럴싸한 말 한마디가 돈을 대신할 수 있어서, 돈 한 푼 안 들이고 소비할 수 있다.

내가 여기서 다루고 있는 소비자가 매일 생겨나는 빚을 갚을 수 있는 인물이라고 설마 생각하지는 않을 것이다. 또 그렇다고 등이 휘도록 힘들게 제조업에 종사하거나 생뽈Saint-Paul 항구나 생니꼴라Saint-Nicolas 항구에서 매일 이른 아침 힘겹게 물건들을 실어 나르는 부류도 아니다. 그는 가을의 수확을 위해 찌는 여름에도 개미처럼 일하거나, 추운 겨울에도 쉬지 않고 머리를 짜내지도 않는다. 프랑스나 타지에서 뿔 달린(혹은 안 달린) 짐승들[51]이 소비 생산물의 다양성을 높이려고 머리를 쓰는 일에 그는 가담하지 않는다. 그는 군주나 경제적 기계를 살찌우거나 들이대는 칼날에 아부하며 자신의 시간을 보내지 않는다. 그렇다고 자신의 서비스를 팔면서 시간을 보내지도 않는다. 므동Meudon 숲, 몽모랑시Montmorency 숲에서 자연을 그리거나 혹은 그런 풍경 속에서 한가한 시간을 보내면서 정작 우리의 자유를 좌우하는 자의 모습을 화폭에 생기 있게 그리기 위해 자신의 손을 움직이지도 않

---

51   대규모의 부유한 생산자들을 일컫는듯하다.

는다. 춤이나 노래 실력도 별로인 왕실 극장의 예술가들을 따라다니며 바이올린, 플루트 등의 악기를 연주하며 저녁 시간을 보내지도 않는다. 물론 리볼리 거리에서 장사 장부를 채우며 인생의 4분의 3을 허비하지도 않는다. 즉, 이런 것은 전혀 그의 소관이 아니다. 그는 농사를 짓지도, 뭔가를 제조하지도, 그림을 그리지도, 음악을 연주하지도, 주판을 두드리지도 않는다. 그렇다고 그가 일을 아예 하지 않고, 생산이나 소비도 전혀 하지 않고, 돈을 쓰지도 않는다고 여기면 오산이다. 그 모든 것을 그도 한다. 단, 우리 삼촌의 방식대로 한다.

모든 소비자들이 그들이 원하는 결과를 얻을 수 있도록 지켜야 할 행동과 생활 유형을 삼촌이 상세히 밝히고 있는데, 이는 곧 다음처럼 일반적 자산의 목록으로 정리될 수 있다.

1. 소비자라면 그 누구라도 오전 10시 이전에 일어나지 않는다. 10시, 이 시간이 바로 느긋하게 여유를 즐길 수 있는 시간이다. 왜냐하면 매일 아침 번화가들을 가득 메우며 아름다운 파리를 잔뜩 더럽히는 요소들인 종업원, 세탁소, 마차 기타 등등 사람들이 잔뜩 북적거리는 시간을 피할 수 있으니까. 이게 바로 첫 번

째 자산이다.

2. 채권자들을 가리지 않고 한꺼번에 10시부터 11시까지 불러 모은다. 그래서 그들의 말을 들어보고 이 책에서 가르친 방식들을 실행으로 옮긴다.

채권자는 이 시간 동안 대기실에서 자신의 차례를 기약 없이 기다려야 하기 때문에 다른 채무자들에게 들르지 못하게 될 테니, 총체적으로 보면 채무자 모두에게 이익이 된다. 이게 두 번째 자산이다.

3 11시에서 정오까지 모든 제공자들을 받아들여서 그들이 가져오는 것을 기꺼이 받아 보관하고, 아무것도 가져오지 않는 이들에게는 다시 뭐든 주문한다.

이런 방식으로 자신만의 리듬을 만들어 유지하면서 외상을 늘리는 동시에 소비도 늘린다. 이게 세 번째 자산이다.

4. 정오에서 1시까지, 특히 넥타이를 각별히 취급하면서[52]옷을 챙겨 입는다.

---

52 《넥타이 메는 기술》을 쓴 저자임을 강조하고 있다.

이 책에서 복장을 강조한 덕분에 책방에서 책 판매는 물론이고 제조업의 무슬린mousseline[53], 자코낭 jaconin, 페르칼perkale, 바티스트batiste[54]의 광고도 되겠다. 네 번째 자산.

5. 2시에 페롱Perron 카페로 점심을 먹으러 간다. 거기서 메뉴를 아주 섬세하게 선택해서 소비를 자극한다. 즉, 조개껍질에 담긴 달걀과, 밤을 가미한 오믈렛 같은 음식으로 말이다. 그런 음식을 전혀 모르는 사람들도 먹고 싶어지도록, 식욕이 전염되는 식사를 한다.

이런 식으로 식사를 하면 점심값을 내지 않아도 된다. 왜냐하면 여러분 덕에 평소 버터는 손도 안 대고 커피만 달랑 한 잔 마시던 20여 명의 손님들이 드디어 포크를 들어 식사를 하게 만들었으니까. 덕분에 20인분의 식사를 팔게 된 카페 지배인은 여러분이 돈(어차피 없는 돈)을 안 내도 그저 감지덕지. **다섯 번째 자산.**

---

53 얇고 부드럽게 짠 직물.
54 모슬린, 자코낭, 페르칼(=옥양목), 바티스트(=흰 삼베) 등은 각기 다른 종류의 직물.

6. 한가하게 저녁식사 시간을 기다리면서 튈르리 Tuileries 공원으로 간다. 거기서 의자 두세 개를 사용하면서 느긋하게 시간을 보낸다. 물론 돈 한 푼 안 내겠지만, 단지 의자를 이용하는 것만으로 의자 대여 장수를 번창하게 만들게 된다. 어떻게? 그냥 여기저기 자리를 잡고 앉아서 산책하는 사람들을 여럿 이끌어 자신과 나란히 앉게 만들면 된다. 그렇게 하다 보면 여기저기 빈 의자들이 가득 채워지고, 이용자들이 의자 대여비를 지불할 것이니, 그로써 수입이 늘게 된 주인은 여러분에게 고맙다고 인사까지 할 것이다. **여섯 번째 자산.**

7. 실물이 정말 잘 생겼든 아니든 간에 식당홀로 향하는 복도에서 마주치는 이에게 몸매며 걸음걸이며 자태에 잔뜩 찬사를 보낸다. 이런 칭찬에 무심할 영국인은 없어서, 그도 여러분에게 찬사를 보내며 여러분의 팔짱까지 끼고는 만찬에 초대해 기꺼이 자신의 지갑을 열 것이다.

그렇게 해서 프랑스의 상업에 영국 돈이 널리 퍼지게 되는 것이다. **일곱 번째 자산.**

8. 저녁 6시, 이름도 모르는 지인들을 잔뜩 데리고 단골 식당으로 간다. 이어서 '가르송garçon[55]!' 이 한마디로 히트를 친다. 초록색 굴, 샴페인이 가미된 차, 트뤼프 truffe[56]얹힌 페르드릭스perdrix[57] 요리 … 등등. 그렇게 두 시간 동안 4인분 식사를 거뜬히 해치우고 6인분 음료수를 마신다. 식당주인은 (음식 자체보다는) 그 지인들이 먹고 낸 식사비를 오히려 소화해내기 힘들 것이다. 그러니 이 귀중한 소비자에게 한 푼도 요구하지 않을 것이라고 결심하면서도 도리어 만족할 것이다.

여러분이 창출한 만찬 덕분에 몽토르게이 거리[58]에서 구매해온 굴들을 다 팔아버리는 바람에 내일 또 그 거리에서 줄을 설 것이고, 랑스Reims와 에페르네 Epernay[59] 포도주 상인들이 감당하기 버거울 정도로 포도주를 잔뜩 재주문할 것이다. 트뤼프를 찾아 헤

---

55 식당의 웨이터를 뜻하는 말.
56 세계 3대 진미 중 하나라는 트러플. 즉 '서양송로버섯'을 말한다.
57 꿩과에 속하는 자고새. 식재료로 인기가 매우 많으며 프랑스 전역에서 사냥할 수 있다.
58 파리 중앙에 재래시장이 있던 동네. 굴을 파는 것으로 전통적인 평판이나 있다.
59 프랑스 북동부 상파뉴 지방의 도시들로서, 샴페인의 집산지로 알려져 있다.

매는 페리고르Périgord[60]의 주민들은 작업 활동을 두 배로 늘려야 할 것이고, 라발레la Vallée는 마치 선거철처럼 법석댈 것이고, 푸아시Poissy 시장은 더 북적거리고, 샹델chandelle[61]을 많이 써서 양초 소비가 증가하고, 가죽 장인은 가죽을 만들기 위해 제철만 기다리는 신세를 면할 것이다. 즉, 나라 전체의 상업에 활기가 생긴다. 이게 바로 **여덟 번째 자산**이다. 그런데 이 하나로도 풍족하지 않겠는가! 왜냐하면 한 개인이 사회 전체를 풍족하게 할 수 있다는 삼촌의 모든 원리를 열심히 연구해서 실행으로 옮겼다는 것이 역력히 드러나니까.

---

60 프랑스 남서부 도르도뉴 지방의 도시로서, 트러플과 푸아그라 요리 등으로 유명하다.
61 촛대에 꽂은 양초. 천장에 매달아 드리운 방사형 모양의 등(燈), 즉 샹들리에는 이 말에서 유래했다.

신체 속박

'빚 때문에 사람을 감금하는 것은 문명의 발전과 더불어 필요했다'고 삼촌은 말하고 있다. 최초 인간이 두 부류만 존재할 때 그리고 세 번째 부류가 생겨나는 초기까지도 프랑스에서는 채권자가 채무자에게서 취할 수 있는 것은 부동산뿐이었다. 에노Hénault[62] 재판장은 이와 관련해, 몽모랑시Montmorency[63]의 예를 언급하고 있다.

거기에 보면, 그 가문의 소유였던 생드니Saint-Denis 섬에서 수도승들이 멧돼지와 다른 야생동물을 사냥했다고 써져 있다. 무슨 이야기인고 하니, 이 정직한 소비자가 생드니수도원의 신부인 아당Adam에게 엄청난 돈을 갚아야 했던 상황에서 왕의 지시가 다음처럼 내려졌다.

'그를 잡는 게 목적이 아니다. 대신 로베르Robert 왕의 지시에 의거하여 그가 빚을 갚을 때까지 그의 영토를 엉망으로 만들어놓기만 하면 된다.'

야만적인 시대에 빚을 갚게 하는 방법은 이처럼 거의 우스꽝스럽기까지 했다. 하지만 이후 많은 것들이 변했다!

채무자가 특정재산을 이양하며 빚을 갚을 때는 특별한

---

62 프랑스의 역사가이자 작가, 정치가(1685~1770).
63 프랑스의 전통 있는 가문 중 하나.

예식이 치러졌는데, 그 채무자가 귀족이건 평민이건 간에 "내 재산을 이양한다!"라고 크게 소리 지르면서 '벌거벗은 엉덩이(Nudis clunibus)'로 땅을 세 번 친다. 생푸악스Saint-Foix[64]에 따르면, 이런 처벌을 강요하는 예식인 '돌로 내려치기(Lapis vituperii)'가 이탈리아 파두Padoue에서는 여전히 실행되고 있다고도 한다.

감옥은 하찮은 놀음을 하던 순진한 사람들, 그러니까 담보물에 대한 빚을 갚을 수 없는 사람들을 감금하기 위해서 생겨났다는 설은 나름 타당성이 있어 보인다. 이와 관련해 〈Essais historique sur Paris(파리에 관한 역사적 에세이)〉의 저자에게만 의존해서 증명하기가 좀 그렇지만, 여하튼 거기에 보면 루이르즌Louis-le-Jeune[65]이 왕위에 오르기 이전까지는 채무자가 채권자와 격투를 벌여서 이기면 빚을 청산할 수 있었다고 한다. 여기서 생푸악스가 혹시 자신의 사례를 우리 조상들의 풍습과 혼동을 한 것은 아닌가 싶기도 하다. 바로 그는 빚을 질질 끌기로 유명했던 인물이라 자주 싸움질을 해댔는데, 삼촌과도 아주 친분이 있었고, 채무자와 채권자가 서로 혼동될 수도

---

64 프랑스의 희극작가(1698~1776). 〈Essais historique sur Paris〉 등 20편의 희극을 썼다.
65 12세기 프랑스의 왕인 루이 7세(1120~1180). 1137년부터 왕위에 올랐다.

있다는 심촌의 원리에 크게 관심을 가지기도 했다. 어하튼 여기서는 내가 신중하게 다루게 될 주제로 되돌아오기로 하자.

'신체 속박(contrainte par corps)'이라고 부르는 것은 법정에서 비롯되고 등록되어 인정되는 지령서다. 여기서 법정은 다양한 법정을 모두 아우르지만 공식적으로 지령, 판정, 소집의 기능을 할 수 있는 기관을 총칭한다. 이런 판정에 기인하여 〈시민법〉의 차원에서 채권자는 그의 채무자에게 권리 행사를 할 수 있는데, 그 결과 채무자를 체포한다든지 수감할 수도 있었다.

한편, 고대 이집트에서는 인간의 신체에 어떠한 강제력도 허용되지 않았다. 세소스트리스Sésostris[66]가 수정한 내용을 보코리스Boccoris[67]가 법정화해서 이어갔다.

그와는 반대로 고대 그리스에서는 강제로 감금하는 것을 허용했다. 그래서 디오도르Diodore[68]가 이런 방식들에 반대하면서 사람을 무기나 농작기로 취급하는 것, 어떤

---

66 기원전 20세기경 고대 이집트 제12왕조의 왕. 아시아와 아프리카의 여러 지역을 정복했다.
67 기원전 8세기경 고대 이집트 제24왕조의 왕.
68 Diodorus Siculus. 고대 그리스 역사가. 기원전 1세기경에 40권으로 된 《Bibliotheca historica(역사 도서관)》 등을 썼다.

방식으로든 사람을 속박하는 것을 반대했던 것이다. 솔
론Solon[69] 또한 빚 때문에 인간의 몸에 더 이상 어떠한 처
벌도 가하지 않도록 아테네에 명령해서, 결국 이집트 방
식을 적용하게 되었다.

고대 로마에서는 압류 법률 중 'stellionat(사기 전매)'나
'dol(사기)'에 적용되는 경우나 딱히 해결 방법이 없어서
거기에 수락할 수밖에 없는 이들에게 신체 속박이 행해
졌다. 대신 채무자가 자신의 재산을 양도하면 감금은 면
했다. 여자는 빚을 져도 체포되지 않았는데 주로 세금 불
납, 개인 빚, 대여비, 직간접적으로 동산과 부동산에 연
관된 빚이었다. 오늘날의 파리처럼 그 옛날 로마에도 아
름다운 것들이 잔뜩 있었다. 이름이 달랐고, 물가가 훨씬
싸서 로마 시민들을 우려하게 만들지 않았다는 점이 다
르겠다. 그런데 이제 파리에서는 누구든 체포한다. 그렇

---

69 고대 그리스의 시인이자 정치가, 장군(기원전 630?~560?). 당시 아테네
    에서 빚을 진 농민들은 토지를 채권자에게 저당 잡히고 1년에 20퍼센트
    에 가까운 이자를 내야 했다. 이자를 체납하거나 자신의 몸을 저당 잡히
    고 빚을 얻어 갚지 못한 경우에는 노예로 귀속되기에 이르렀다. 이러한
    상황에서 솔론은 경제개혁에 나섰고, 아테네 최초의 성문법으로 시민들
    을 다스리던 드라코(Draco) 법전을 대신해 솔론 법전을 편찬했다. 피로
    기록되어 있다고 알려질 만큼 엄혹한 드라코 법전 대신 그는 많은 부분
    을 완화해 인간의 냄새가 나는 법전으로 수정했다.

다 모두를. 남자든 여자든 중성이든, 성별 따위는 전혀 문제가 되지 않는다.

예전에 프랑스에서는 모든 종류의 법 실행에 신체속박권을 허용했는데, 세금에 대한 부채에 대해서는 특별히 강경했다. 그 외에도 신체속박권이 실행된 경우들을 살펴보면, 굳이 법문화되어 있지 않은 경우에도 판사의 지령만으로도 실행 가능했다.

1535년 2월의 법에 따르면 리옹Lyon[70]을 보존하기 위해서 해당 왕국 안에서는 왕의 특별 지령 없이도 법정에 의해 신체 속박을 명령할 수 있다는 내용이 있다. 이런 내용은 오늘날에도 여전히 관찰된다.

1563년 샤를르 9세Charles IX는 파리의 영사 재판부를 수립하여 임시직이든 영구직이든 모든 영사들에게 판정권을 주었지만 벌금은 한 사람당 500리브르livres 뚜르누아tournois[71]를 넘어서는 안 된다고 지시했다.

그 당시 신체 속박은 다른 종류의 범죄 처벌에서는 아직 행해지지 않고 있었다. 물랭Moulin 지령서 제48항에 다음처럼 쓰고 있다.

70　프랑스 동남부 상공업 도시.
71　당시 뚜르(Tour)에서 주조하여 사용되던 돈.

'채무자들이 지불 기한을 지체하거나 특정 계략을 부리는 것을 통제하기 위해서 채무자가 빚을 모두 갚거나 적어도 만족할만한 결과가 나올 때까지 모든 판정과 처벌 방식이 동원될 수 있다. 이런 방식이 감행되고 넉 달 후에도 만족할만한 결과가 없다면 집을 압수하고 빚 양도 때까지 당사자를 감금할 수도 있다. 만일 채무자를 감금할 수 없는 경우나 채권자가 특별히 요청할 경우 이미 정해진 부채의 액수를 두세 배로 늘리게 할 수도 있다.'

그런가 하면 (종교적) 신부는 특별히 취급되어 신체 감금을 하지 않는다고 물랭 지령서에서 쓰어 있고, 블루아 Blois 지령서 제57항에도 그런 내용이 담겨 있다.

'넉 달이 지난 후 감금한다'는 내용은 물랭 지령서에 의해 수립되었는데, 1667년의 새 지령서 제34장 1항에 의해 시민의 빚에 한해서 이런 방식은 없어진다. 이 지령서에 따르면 법정과 재판관은 그런 처벌을 못하도록 했고, 집행관과 소송에 따라 비용, 손해, 이자 등으로 환산해서 집행하도록 했다.

〈시민법〉에 따라 신체속박권이 실행된다는 것은, 곧 법적 한도 기일까지 빚을 갚아야 하며 그 이후에는 신체 감금이 될 것이라는 내용을 채권자가 해당 채무자에게 공식적으로 통보했다는 의미다.

의미심장한 이 한도 기일이 지나고 나면 채권자는 2주 안에 법원에서 내린 지시를 실행하게 되는데, 그것은 2주 안에 아무 때나 다른 절차 없이도 신체 속박을 할 수 있다는 의미다. 이때 앞에서 언급한 판정에 따른 공식적인 지령문서만 준비하면 된다.

만일 채무자가 체포나 신체 감금을 거부하며 소송을 걸 경우 그 소송의 판결이 내려질 때까지 집행유예 상태가 된다. 하지만 그런 반대 소송이 이루어지기 전에 집행관이나 상업관리인이 이미 신체 속박을 감행했다면 유예 권한이 없다. 다시 말해 거기에 반대할 아무런 권한도 없는 것이다.

체포와 감금이 되면 다 해결되는 것도 아니라 처벌될 자의 자산, 가구, 부동산의 압류와 판매를 막지는 못했다.

어쨌든 신체 속박과 관련해 명기하고 있는 마지막 법(공화력 6년 제르미날germinal 15)[72]에 따르면, 진짜 상업중개인과 상인이 아니면서도 상업 활동을 하는 이들 간의

---

72   프랑스대혁명(1789~1799) 때 국민공회는 그레고리력을 폐지하고 공화제 선언일인 1792년 9월 22일을 원년으로 한 공화력(늑혁명력)을 개정했다. 이 달력은 매달을 30일로 정했고, 달은 농업이나 기후와 관련지어 이름을 붙였다.

일곱 번째 달인 제르미날은 파종(播種)의 달로서, '공화력 6년 제르미날 15'를 서력으로 보면 '1798년 3월 말경'을 의미한다.

차이가 분명하지 않았던 것을 보게 된다. 왜 난데없이 상업중개인을 언급하냐면, 상업재판소는 (우리가 이제껏 언급해온) 온갖 계층의 소비자들을 중개인의 신분으로 분류했기 때문이다.

따라서 상업재판소가 인정하는 중개인이 되려면 멀쩡한 빚 청구서에 서명만 하면 되었던 셈이다. 그러다 이 양식의 기한이 만기가 되면 재판소는 신체 속박하는 것을 절대로 잊지 않았다. 하도 신속하게 처리하다 보니 이런 부류의 판정이 연간 1만 8000건이나 이루어졌다고 한다.

'신체속박형 자체를 아예 없애거나 아니면 오히려 채권자들에게만 적용되어야 한다'는 게 삼촌의 생각이었다. 여기서 채권자란 저당물을 받고 돈을 빌려주는 사람들, 일수꾼, 깡패들, 즉 구차한 사업을 하는 부류를 일컫는데, 이들이 소위 생산자라는 이름으로 스스로를 미화해서 그들의 이익을 위해 소비자의 신체 속박까지 자행하고 있으니 말이다. 신체속박형을 없애면 술에 취했거나 느슨해진 상태에서 재수 없게 채권자들을 섣불리 상대하다가 자신의 미래를 망칠 위험이 있는 젊은이들, 에너지가 넘쳐흐르지만 아직 세상의 풋내기인 젊은 소비자들에게 던져지는 수많은 함정들도 더불어 사라질 것이다. 따라서 신체속박형이 없어지면 공공 윤리나 평상적인 소비 자세에도 긍정적인 영향을 미치리라 본다.

그런가 하면, 신체속박형이 나쁜 풍습을 만들어내기도 한다는 것이 증명되기도 했다. 삼촌이 알던 어떤 예민한 여인의 일화다. 현재 남작 부인이다. 평소 질투심이 많은 남편의 존재를 성가시게 여기던 차, 남편이 부채를 쓰고 있는데 하던 사업의 형편이 안 좋아 한도 기일 안에 돈을 환불할 수 없다는 소식을 접하게 되었다. 그 소식을 듣자 자신에게 해를 안 끼치도록 곧장 그 치명적인 부채를 몰래 사들여 놓고는 모른척하며 남편을 생뜨펠라지에 5년 동안 감금시키도록 조치했다. 그러고도 가끔 남편을 방문해서 그렇게 헤어져 있어서 슬프다며 눈물을 훔쳤는가 하면, 그들 부부가 당면한 비극을 혼자서 위안한다고 뻔뻔스럽게 말하기도 했다. 그 남편은 뒤에야 진실을 알게 되었다.

그렇다고 부정적인 면만 있었던 건 아니라, 이런 방식이 영원한 정조를 지키겠다고 다짐했던 애인의 변심을 피하기 위해 사용되기도 했다는 얘기로 삼촌은 나를 안심시켜주었다.

감금 기간과 관련해서 프랑스인은 5년으로 그 기간이 지나고 나면 자유를 되찾게 되어, 채권자들은 이제 더 이상 신체 속박을 할 권한이 없었다. 하지만 외국인들에 대해서는 감금 기간이 무한했다.

나이에 따라 다르게 적용되느냐 하면 그것도 아니어서 90세가 된 노인들도 빚 때문에 생뜨펠라지를 들락거렸다. 따라서 나이와는 무관하게 모든 소비자에게 적용된다!

제 9 과

집행관

집행관은 누구인가?
고대 그리스와 로마 시대의 집행관
세르장
집행관의 권리와 특권
집행관과 세르장의 업무 장점을 보여주는 일화들
은둔처와 체포 금지 지역
그 결과들

'어이! 분명한 표시로 드러내지는 마시오. 신뢰할 수 없는 인간의 마음을 알아보려면!'

라신Jean Racine[73]의 이 두 구절 속에서 우리는 상대적으로 집행관의 모습을 엿보게 된다. 그들의 임무는 이렇다.

'태양이 지평선 위에 떠 있는 동안 원리 원칙을 무시한 채 살아가는, 아니 아무것도 가진 게 없는 불행한 소비자들을 마구 족쳐라!'

태양이 반짝이는 틈을 타서 태양이 모든 사람들에게 비치는 동안 집행관은 여러분을 체포할 수도, 체포당하게 할 수도 (결국 마찬가지지만) 있다. 단, 일요일과 교회가 정한 명절은 제외한다.

이쯤에서 여러분은 집행관이 도대체 뭐냐고 할 것이다. … 거기에 대해 내가 설명하겠다.

집행관이란 법무부 소속으로 여러분이나 나처럼 평범한 차림을 하고 있으나 모든 것을 판정에 귀속시키려고 할 뿐 아니라 수단과 방법을 총동원해서 법적 판정에서 생겨난 임무나 권한 및 지령을 집행하는 사람이다.

집행관(Huissier)이라는 명칭은 문(huis), 즉 법정의 문을 지키는 사람이라는 데서 기인했다. 재판이 이루어지

---

73   프랑스의 시인이자 희곡작가(1639~1699).

는 동안 법정으로 이르는 문들을 닫은 채로 지키면서 재판장의 허락 없이 누구도 출입할 수 없도록 하고, 판정이 내려지는 장소의 비밀을 유지시키기 위해 출입허가증을 가진 이들만 출입하게 하고, 재판을 방해하는 이들을 추방시키는 것이 그들의 주된 임무였다. 한마디로 말해서 뭐든 재판장의 의도에 의거해서 수행하는 역할이다.

고대 로마 시대에 집행관의 업무를 담당했던 이들을 'apparitores(장교), cohortales(무리), executores(집행자), hatores(증오자), cornicularii(관리자), officiales(공무원)[74]'라고 불렀다. 그들은 혁명 전까지 프랑스에서도 존재했던 세르장sergen[75]의 업무도 함께 수행했다.

프랑스에서는 세르비앙트serviante(수행인)라고 불렀는데, 거기서 세르장이라는 명칭이 유래했다. 13세기에서 16세기까지도 'bedels, bedeaux(교회지기)'라는 표현이 사용되었는데, 그 의미는 '공무 수행인(semonceurs publics)'이다.

1317년 고등법원에서 서비스 업무를 담당하던 사람들을 'vateli curiæ(법원 친구)'라고 불렀는데, 1365년 1월 2일

---

74 지금과는 시대와 제도가 달라서 번역한 의미보다는 '공무를 수행하는 공관'의 의미로 다양하게 불렸다는 정도로 이해하기를.

75 법적 공무 말단 수행인. 현재는 'sergent'이라고 쓴다.

자의 한 서신에서 왕이 그들을 'nos amés varlets(친애하는 바흘레들)'라 부르고도 있다. 물론 당시 사용되던 'varlet'라는 표현이 요새 사용되는 'valet(잠일 하는 하인)', 즉 하찮은 역할을 뜻하지는 않았다. 왜냐하면 백작, 공작, 남작 같이 막강한 직책의 인물들이 그들 스스로를 왕의 으뜸가 'varlet'라고 칭했던 것으로 봐서 그렇다. 전하를 서비스하는 자라고 그들 스스로를 극도로 겸손하게 간주했던 것이 아니었다면 말이다. 그런가 하면 고등법원에서 집행관의 자리는 일종의 짐처럼 간주되기도 했는데, 그 자리에서 받게 되는 저당물과 급료 때문에 그 자리를 살 수도 있었다.

앞에서도 썼듯이 집행관이라는 이름은 재판소의 문을 수비하는 일을 담당한 사람이라는 의미였다. 집행관이 고등법원에 있었다는 흔적은 1388년 파리 주교의 편지에서 찾을 수 있다.

"primo parlementi nostri hostiario seu 'servienti' nostro(첫 번째 법원의 '집행관'에게)."

이후 대부분의 세르장[혁명 이전에는 'pousse-culs(집행 기록원)[76]'이라고도 불렀다.]이 판사나 재판소에 소속되

---

76   사람들을 감옥으로 인도하는 일을 돕는 하급 요원.

어 있지 않은 경우에도 집행관의 직종을 획득하려고 애를 썼다. 이들을 집행관과 구별하기 위해서 'huissiers audienciers(집행송달원)'라고 불렀는데, 이들은 정식 집행관의 권한까지는 없고 세르장의 권한만 가지고 있었다.

집행관들은 고등법원에서도 메트르maître(주집행자)로 분류되지 않았고, 메트르라는 명칭은 법무관들에게만 한정되어 사용되었다. 그러다가 법무관들의 명칭이 'monsieur(선생님), monseigneur(전하), sa grâce(은인), sa seigneurie(주권자)[77]' 등으로 다양하게 변하면서 집행관도 메트르로 불리게 된다.

법관들이 법정에 등장할 때 집행관은 법정과 연관된 다른 직분의 사람들 맨 앞에서 걸으며 그들의 등장에 영광과 존중심을 심어주고 아무도 그들의 행차를 방해하지 못하도록 했다. 또한 재판이 시작될 때 침묵을 요청하고, 그들이 손에 들고 있는 방망이를 두드려서 휴식을 알리거나 혹은 그 자리를 떠나지 못하도록 요청하기도 했다.

그들에게 주어진 역할을 보면 재판의 이유를 알리는 사람이 바로 집행관이다. 그들이 업무를 수행할 때 항상 지켜야 할 원칙들도 있다. 옛날의 지령서에 따르면 업무

---

77 지금과는 시대와 제도가 달라서 번역한 의미가 다소 어색할 수 있다.

수행 시 그 대상자들에게 무엇인가를 취하거나 받거나 받아들여서는 안 되었으며 그럴 경우 처벌이나 벌금형을 받았다. 하지만 흔히 짐작하듯이 프랑스에서 옛날이나 현재나 할 것 없이 그런 지령 내용이 무시되기는 매한가지였다.

가구 압류에 따라 경매를 알리는 인쇄물이 나가기에 앞서서 재판 날짜 및 법정 출석명령을 전달하는 이도 집행관이며, 범죄와 관련된 판정(왕이 임명한 검사의 지시 아래에서)을 실행시키고 수색, 감금, 재산압류와 압류 딱지에 대한 문서도 담당한다. 만일 상대방이 반박할 경우에는 그들의 목적을 달성하기 위해 군인을 동원할 수 있을 뿐 아니라 그 자리에 있는 주민들에게 도움을 청할 수도 있다.

프랑수아 1세Francois I 때, 왕이 데리고 있던 집행관들 중 한 명이 임무를 수행하던 중 방망이로 폭행을 당한 적이 있었다. 그 소식을 들은 왕은 마치 왕 자신이 부상을 당하기라도 한 듯 한쪽 팔을 붕대로 감아 목에 매달고 있었다는 일화가 있다. 그것은 정의 실현이 그가 담당하는 첫 번째 임무인 만큼 집행관에게 폭력을 가한 것으로 왕 자신이 상처를 받았다는 것을 상징했다.

앙부아즈 법령L'édit d'Amboise, 물랭 지령서와 블루아 지령서에 따르면, 임무를 집행하고 있는 집행관과 세르장에게 폭력을 가하거나 과도하게 행동한 사람들을 가차 없이 사형하기도 했다고 전해진다.

샤를르 4세Charles IV 때, 강도로 이름나 있던 주르당-드-릴Jourdain-de-Lille은 고등법원에서 판정을 통고하고 있는 집행관의 배를 칼로 찌르는 바람에 1322년 교수형에 처해지기도 했다.

보즈Beaujeu 가문의 백작 에두아르가 집행관을 창문으로 밀어버린 사건으로 법정에서도 곧바로 신체 속박 및 감금을 할 수 있다는 법안이 만들어지기도 했다.

1367년 갈Galles[78]의 왕자는 지령을 알리러 온 집행관이 자신의 영지에 들어오는 것을 막았는데, 그런 행동은 법을 모욕하는 것이라는 고등법원의 판정으로 그가 보유하고 있던 아키뗀Aquitaine[79]의 영토가 압류되었다.

' ○ ○ 귀하는 … 존경하는 법관 ○ ○의 지령에 따라서 … 법정에 소출되었다는 것을 … 알리는 바입니다.'라는 식으로 집행관은 법적 지령을 당사자에게 직접 알렸는데, 이 보고서를 'relatio'라고 불렀다. 당시 집행관은 준

---

78   영국 웨일즈.
79   프랑스 남서부 지방. 고대 로마에 점령된 갈리아의 한 부분.

비뚼 소장에 도장을 찍기만 했는데, 그럴 수밖에 없었던 것은 그들 대부분 글을 쓸 줄도 읽을 줄도 몰랐기 때문이다. 그러나 오늘날 집행관은 적어도 글을 읽고 쓸 줄은 알아야 한다는 새 지령에 의거하여 모두들 거기에 따르고 있다.

그들은 업무 수행 시 자신의 안전을 위해 방어 무기나 공격 무기를 소지할 수 있었고 시민이나 군사적 힘을 동원할 수도 있었다.

집행관들을 피할 수 있는 은신처, 삼촌이 제시하는 은신처들을 내가 여기서 일일이 거론하며 여러분이 지나치게 연구할 필요까지는 없겠다. 〈시민법〉의 조항들에도 다양하게 언급되어 있으니 말이다. 그 수많은 조항들을 여기서 내가 몇 조항으로 간단하게 소개해본다.

1. 부채 금액이 100프랑 이하일 때는 집행관이 체포를 감행할 수 없다. 그러니 여러분은 여러 군데서 빚을 내되, 그 액수가 절대로 99프랑 99상팀centimes을 넘지 않도록 한다. 이런 태도를 유지하면 여러분이 상대하는 채권자들은 두 배, 세 배, 네 배로 늘어날 수 있다.

2. 해가 지고 나면 체포할 수 없다. 따라서 달이야말로
   여러분의 보호자다. 그러니 달을 불러라. 아, 얼마나
   낭만적인가!

3. 종교에 공헌하는 건물들에서는 체포되지 않는다.
   단, 종교적 예식이 실행되고 있을 때에 한해서만 그
   렇다. 이를 명심하고 여러분의 목록에 기입해두는
   것이 좋을 것이다. … 그래서 실용적인 은신처 하나
   를 더 첨가하도록.

4. 왕의 거주지들도 마찬가지다. 식물공원, 루브르
   Louvre, 튈르리 공원, 룩상부르Luxembourg 공원, 팔레루
   아얄(여기서는 정원만 그렇고 실내관들은 아니다.)을 들
   수 있다.

5. 외출하지 않고 집에만 있는 것도 안전하다. 단, 호텔
   이 아니어야 하고 여러분의 주소를 아무도 모르고 있
   어야 한다.

6. 마지막으로 국가기관의 권한으로 업무를 실행하는
   곳들. 단, 해당 업무가 진행 중일 때에 한해서 그렇

다. 그러니 시민 자유의 보호에 대해서 거창하게 토론하고 있는 국회로 가서 그들의 말을 듣는 것도 나쁘지는 않다. 물론 거기서 거론되는 자유가 여러분의 자유와는 전혀 무관할 테지만.

이러한 곳들이 법에 의거해서 집행관을 피할 수 있는 은신처들이다. 재빨리 줄행랑칠 수 있는 튼튼한 두 다리를 가지지 않았다면, 이 이외의 곳들에서는 여러분이 내딛는 걸음 한 발짝 한 발짝마다 누군가에게 잡힐 위험이 있다. 그렇게 잡히면, 다음 과에서 언급하게 될, 여러분이 소스라칠 장소로 영락없이 인도되는 것이다. 자, 거기로 한번 가보자!

제10과

생뜨펠라지

불행한 소비자들이여, 이 과에서 다루고자 하는 사안은 사실 우리 삼촌이 여러분에게 감추려고 했다. 하지만 내가 여기서 터놓고 고백하건데, 여러분은 바로 이곳에서 끝날 위험이 항상 있다.

채무자가 수감되어 빚을 갚을 수 없으면 이제 채권자는 그의 적이 되는 것이다. 이런 일은 거의 언제든 일어날 수 있다. 일단 그렇게 되면 거기서 5년 동안을 죽은 셈 치고 버티는 게 그나마 여러분에게 남은 기회라면 기회다. 굳이 선도위원회(Comité de Bienfaisance)의 도움을 받지 않고, 한 달에 한 번 선불되는 식사비가 지체되는 경우에도 말이다. 이런 데에 시간을 쓰게 되면 여러분의 자유를 되찾는 데 한 시간이 더 늦추어진다.

감옥으로 향하는 확률이 작아지기를 고대하면서 삼촌의 가르침과는 별개로 여기서는 그 여정을 소개하는 작업을 내가 직접 담당하고자 한다. 삼촌은 감옥에 감금된 적이 없었던 만큼 삼촌 스스로가 나서서 감옥 이야기를 하기가 좀 난처하지 않았겠는가.

거의 황량하다시피한 골목 열쇠거리(rue de la Clef)[80]에

---

80 ▷ rue de la clef. 'clef'라고 쓰지만 'clé'처럼 발음한다고 아카데미 사전이 우리에게 알리고 있다.

서 여러분은 커다란 건물 하나를 발견하게 될 것이다. 높은 담벼락으로 계속 이어지는 건물인데, 앞면이 마치 요새가 땅 위로 반쯤 솟아오른 모양새를 하고 있다.

보초와 보초실을 한번 보라. 6제곱센티미터의 네모난 손잡이가 붙은 1.2미터 높이의 문이 보이는가? 거기로 들어가려면 발길질로 두 번 두드리고 머리를 숙이는데, 대충 숙이는 것이 아니라 두 다리와 몸이 직각이 될 만큼 잔뜩 숙여야 한다. 그래서 문을 열어주면 이제 들어갈 수 있다!

자, 결국 들어왔다. 예전에 수줍은 수녀들의 은둔처로 사용되었던 수도원이 새롭게 단장되어 오늘날 이렇게 사회 온갖 계층의 소비자들을 가두는 감옥으로 쓰이고 있다. 여기서 말하는 소비자들이란 우리 삼촌의 방식을 모르는 채 빚을 갚겠다는 서약서를 한 장 혹은 여러 장 써 줘 놓고 빚을 갚지 않은 사람들 혹은 자신의 호주머니에 넣어야 할 손을 남의 호주머니에 넣는 것으로 평소 재미를 보는 사람들이겠다.

방금 여러분이 넘어선 선은 파리 중심에 위치하지만 그동안 여러분이 오고 가던 선을 완전히 분리시키고, 그로써 여러분을 완전히 다른 세상으로 인도한다.

1.9미터의 커다란 세르베르cerbère[81], 즉 감옥 문을 지키

고 서 있는 이 무표정한 회색인은 왕립 극장에서 가장 건장한 박수 몰이꾼도 부러워할 정도로 손이 큰데, 그 손에는 12세기 교주의 군사력을 좌우할만한 커다란 열쇠가 쥐어져 있다. 그는 여러분을 보자마자 이전에 소비자였던 여러분이 이곳의 드문 생산자 중 한 명인 자신과 한동안 지내려고 왔다는 것을 이내 짐작한다. 바로 그 순간부터 여러분이라는 표식이 그의 기억에 강하게 새겨지게 되고, 그 기억은 그로부터 5년이 지나야만 지워지는 허락을 받게 되는 것이다.

그는 망부석처럼 요지부동이라 아무것도 그를 감동시키거나 누그러뜨릴 수 없다. 가끔 기분 전환거리가 될 수도 있을법한 어떤 불행이나 어떤 아름다움에도 꿈쩍도 하지 않은 채, 위에서 언급한 그 문을 열고 닫을 뿐이다. 바로 그의 눈앞에 샹베르탕chambertin 술이나 메르퀴레 술을 담은 바구니가 지나간다 해도 눈길조차 안 준다. 아! 나 같으면 그것을 압수해서 가질 수도 있으련만….

아참! 내가 여기 감옥의 문 앞에서 여러분을 이렇게 어기적거리게 하고 있을 게 아니다. 자, 이제 곧장 안으로

---

81 그리스 신화 속에 등장하는 세 개의 머리와 뱀의 꼬리를 가진 개. 지옥문을 지킨다.

들어가 보기로 하자.

여러분이 자리하고 있는 좁은 복도의 맨 오른쪽에 누군가 보인다. 하얀 머리에 짤막한 바지 차림으로 어딘지 순박한 소년의 모습을 닮았지만 사실은 경찰청의 앞잡이이기도 한 그는 그곳의 말단 직원이다. 자, 이제 여러분은 그 장소에 정식 등록이 된 것이며 바로 그 순간부터 거기의 단골로 간주된다.

거기에서 당분간 지내게 될 소비자에게는 무엇보다도 지켜야 할 행동들과 원칙들이 있다. 우선 그 장소의 주인부터 잠시 방문해야 한다. 그 주인 양반은 보통 안쪽에 있는 한 공간에서 그를 보조하는 두 명의 보조관과 같이 자리하고 있다. 그가 보여주는 친절함과 정중한 태도에 여러분은 놀랄 것이다. 그야말로 허탈한 아저씨 스타일이다. 여하튼 그는 사나운 개와 경비원, 두꺼운 벽으로 둘러싸여 있지 않다. 그뿐 아니라 도둑이나 강도, 구치소에서 탈출한 이들, 기타 유행에 민감한 이들이 사용하는 은어와 그런 책을 펼쳐낸 박사보다 더 많은 은어들을 익히 알고 있는 장본인이기도 하다. 마치 그런 사전이라도 펼쳐낸 사람처럼 말이다. 그의 공식적인 직함은 생뜨펠라지의 무슈 르 그레피에 꽁시에르쥬M. le greffier-concierge(감독관)인데, 그렇다고 그가 말을 점잖지 않게 한다는 의미는 아니다. 다른 말로 생뜨펠라지가 무식한 사람들만 가두는 곳이 아니라는 말이다.

여러분은 그와 인사를 잘 해두는 게 좋을 것이다. 정부가 그에게 도맡긴 그 장소에서 그는 절대자나 마찬가지라 그의 행동과 판단이 곧 절대권이 되는 것이다.

집주인에게 경의를 표했다면 이제 그 건물을 가로질러 가기 위해 약간 뒷걸음질을 해야 하는데, 그러고 나면 바로 맞은편에 두 개의 문이 보인다.

오른쪽 문이 정치적인 성격이나 호주머니적 성격, 아니 호주머니가 아니라 좌익성[82] 죄수들, 즉 빚을 만들어내는 좌익성 의견을 가진 죄수들에게로 향한다. 그 문을 두드리면 열린다. 여러분의 결박된 모습을 보여주면 되고 그러면 통과되니 자, 이제야 마침내 안으로 들어왔다.

빚 때문에 감금된 사람들의 불평 소리가 신문에 실리는데, 실상은 그렇지 않으며 매일 진수성찬이고 축제 판이라고 국립재판소에서 한 국회의원[83]이 말한 바 있다.

사실상 진수성찬과는 거리가 멀기는 하지만 이 말이 전적으로 틀린 말은 아닌 것이 생뜨펠라지에도 가끔 부

---

82 발음이 유사한 뽀쉬[(poche) 호주머니]와 고쉬[(gauche) 좌익]로 말장난하고 있다.

83 ▷ 바즈르 씨(M. Bazre).

유한 소비자들이 있으며, 그들을 찾아오는 친지들과 더불어 거나하게 식사를 할 때도 있기는 하다. 그러나 대부분은 빈곤층에 속해서 가난한 가족의 도움은 꿈도 꾸지 못한 채 거기서 빛이 바래기 일쑤다.

우리 삼촌의 다양한 가르침을 실행에 옮기지 않아 생뜨펠라지에 가게 되면 내 말이 맞다는 것을 여러분 스스로 판단하게 될 것이다.

법에 따르면, 감옥에 가두는 이(공권력)는 갇히는 이에게 매달 20프랑을 선불해야 한다. 이 돈으로 소비자는 우선 (보잘 것 없는) 침대와 가구 대여비를 내야 하니, 이것만으로도 그중 반이 든다. (10프랑은 작은 밀떡 값이다.) 이제 10프랑이 남게 되는데, 그것으로 배를 채워야 한다. 10프랑이면 1000상팀. 이것을 평균 30일로 나누면 33상팀. 따라서 하루에 두 끼만 먹는다고 해도 그중 3분의 2가 나가니, 겨우 10상팀 정도 남게 된다. 10상팀으로 옷, 세탁, 난방, 놀이, 독서 등등을 해야 한다. 그러니 턱도 없이 부족할 수밖에.

경제학자들 중에서 우리 삼촌처럼 생의 막바지에 쫄딱 망하고, 이런 수입으로 살아야만 한다면, 그들 중 누가 삼촌처럼 자신의 빚을 갚지 않으면서도 욕을 먹지 않고 영광을 그대로 간직할 수 있을지 과연 의심스럽다.

내무부 장관이 극빈의 채무자들을 챙긴다는 취지로 '피땅스pitence'라고 불리는 것을 근간에 분배하고 있기는 하다. 피땅스란 다름 아니라 멀건 국물에 마른 채소가 들어 있는 사발이다. 매주 목요일과 일요일, 공휴일에는 좀 덜 멀건 국(그래서 기름진 국이라고 부른다.)과 우유도 좀 주지만, 하도 멀겋다 보니 암소가 아니라 수소에서 나온 우유가 아닌지 의심될 정도다.

그뿐인가. 이 가난한 소비자에게 부양할 가족이라도 있다면 이제 갇혀버려 가족을 먹여 살릴 수가 없으니 얼마 안 되는 돈을 또 아내와 자식들에게 나눠줘야 한다.

자유를 잃은 채 부활절이나 크리스마스 때 제공된 피땅스를 앞에 두고 앉았는데, 저쪽에서 자신을 보러 오고 있는 굶주린 자식들과 아내, 그런 서글픈 광경을 한번 상상해보라!

우리 삼촌은 자식들을 보지 않았다. 그도 그럴 것이 여차해서 언제든 생뜨펠라지에 들어갈지도 모른다는 생각으로 삼촌이 아내라는 신분을 인정하지 않았다. 그럼에도 이런 불행한 광경을 무시하지 않고 합리적으로 짚어보며 이렇게 묘사해놓은 것이다.

물론 이런 시련의 상황이 모두에게 적용될 정도로 일반적이지는 않다. 생뜨펠라지에서도 빚진 소비자들을 위한

귀빈석과 서너 곳의 식당이 마련되어 있고, 부유한 계층이 거기를 드나든다. 그런데 놀라운 사실은 외상이 파리의 어느 뛰어난 식당들에서보다 덜하지 않다는 점이다. 이것은 삼촌의 말 '외상을 하지 않으면 누구든 파산하고 만다'라는 논리에 기반해서일 것이다. 내가 보기에 이 세상에서 유일하게 외상이 없는 식당이 존재한다면 생뜨펠라지 식당일 것 같은데, 실상은 그 반대인 것이다!

거기에는 카페와 담배도 있고, 당구와 부이요트 카드놀이[84]나 카드 뒤집기 놀이를 모여서 하는 이들도 있다. 또한 온갖 종류의 신문들을 읽을 수 있는 장소도 있다. 《르모니퇴르le Moniteur》, 《라가제트드프랑스la Gazette de France》, 《라코티디엔la Quotidienne》 등의 신문은 빼고. 또한 《르주르날드파리le Journal de Paris》, 《레투알에르필로트 l'Étoile et le Pilote》 등의 신문이 폐간되지 않았을 때에도 이런 신문들은 인기가 없었다. (보수층 신문)

생뜨펠라지의 내부는 카라방세라이caravansérail[85]를 닮았는데, 도처에서 온 온갖 직종의 사람들이 모여 있다. 그들 중에는 전직 경관이 늘 20명 정도를 헤아리는데, 대

---

84 18세기에 출현한 프랑스식 카드놀이로 1830년대에 아주 유행했다.
85 중세기에 아시아와 북아프리카, 남유럽 지방에서 상인들이 여행 중 쉬어가도록 만든 숙박소. 보통 바깥을 벽으로 만들고 사각형으로 지었다.

위나 소위 등 직위가 높은 이들도 예닐곱 정도는 된다. 그리고 후작, 백작, 남작, 기사 등도 항상 수두룩하며 가끔은 수도승들도 보인다. 그 외는 문인들, 음악가들, 화가들, 노동자들, 식당주인들, 물 기르는 사람들, 양재사들, 갖은 계층의 도둑들이다. 생뜨펠라지에서 가장 보기 드문 층은 상업중개인과 헌병이다.

하루에 거기를 방문하는 사람의 수는 75명에서 150명, 평균 백 명을 헤아리는데 방문자들이 빚진 소비자들의 빚을 더하기 위해서 오는 것은 아닌 만큼 방문자들 덕에 그때에서야 식당과 카페는 돈을 조금 벌게 된다. 이렇듯 구세주 같은 외부인들이 없다면 이런 업종의 대부분은 오래 버티지 못할 것이다. 왜냐하면 거기에서 거주하고 있는 소비자들은 소비도 많이 하지 않을 뿐더러 그나마 좀 하는 소비도 외상이니까. 그렇다 보니 식당주인들이나 카페들도 별다른 명성이 없다. 거기를 드나드는 단골은 우리 삼촌이 가르친 실행 방식을 이미 익히고 있는 듯 보인다. (그런데도 거기에 와 있으니) 원리를 실행하는 데서 문제가 있었지 싶다. 그러니 이 책이 진정으로 도움이 되고, 될 사람들은 아직 생뜨펠라지에 들어가지 않은 이들과 거기를 나온 이들이겠다.

생뜨펠라지에 있는 이 불행한 소비자, 즉 빚쟁이를 방

문하러 가려면 경찰청 허가만 있으면 되는 게 아니다. 그러기에 앞서 만나려는 빚쟁이의 허가가 문서화되어야 한다. 이 허가증은 이 과의 앞부분에서 내가 언급한 존경스러운 감독관에 의해 법적 기관에서 인정한 경찰청장의 허가증이다.

이런 방식은 언뜻 보기에 감옥에 갇힌 이들의 자유를 억제하는 것으로 보이지만, 사실은 그렇지 않다. 오히려 그럴 필요가 있는 일종의 인간애의 발현이기도 하다. 그런 절차라도 없다면 아무나 드나들게 되어, 불행한 소비자들인 채무자들이 감금되어 있는 상태에서도 그들의 생산자들, 즉 채권자들에게 매일 곤욕을 당할 것이다. 따라서 이런 절차는 수감자에게 자신의 수감 상태를 악화시키지 않는 사람들만 받아들일 수 있게 허용하는 취지가 담겨 있다.

한편 채권자들이 채무자들을 만나는 절차는 달랐다. 공문 담당 사무소에 요청하면 된다. 거기에 직접 갈 필요도 없다. 왜냐하면 채권자가 직접 오게 되면 채무자를 만나보려는 목적을 달성하기 위해 무슨 수를 쓸지도 모른다(뇌물)는 의심을 살 수 있기 때문이다.

한 구절 더 보태면, 우리의 삶에서 그러하듯 생뜨펠라지에도 아주 대단한 두 시기가 있는데, 그것은 입소 때와

출소 때다. 입소하는 첫날에는 출소하게 되는 마지막 해(年)가 끝이 없이 영원하게만 느껴진다. 그러다 일정 시기에 이르면 아주 빠른 속도로 치닫는다. 감옥에서 보내는 마지막 주는 생의 마지막 시절처럼 빨리 흘러서 뭔가 달아나버리는 흔적으로만 기억에 남게 된다. 마치 노인들이 햇수를 헤아리지 않듯이 하루하루를 헤아리지 않는다. … 왜 이런 현상이 일어나는지에 대해 누군가 내게 설명을 해주면 좋겠다.

아울러 아주 규모가 큰 공간은 행복을 망친다는 게 증명되었다. 우리는 모든 것에서 한계를 보고 느낄 필요가 있다. 밀턴Milton[86]은 〈실낙원失樂園〉을 지하 창고에서 썼고, 루소Rousseau[87]는 자신의 가장 뛰어난 글들을 다락에서 썼고, 세르반테스Cervantes[88]는 은둔처에서 걸작을 남겼다. 우리 삼촌도 이 기록들을 극빈자 치료원에서 썼

---

86 John Milton , 영국의 시인(1608~1674). 종교개혁 정신의 부흥, 정치적 자유, 공화제 등을 지지하다가 탄압을 받고, 실명(失明)과 아내를 잃은 비운을 달래면서 대작 〈실낙원(失樂園)〉을 썼다. 작품에 〈복낙원(復樂園)〉, 〈투기사 삼손〉 등이 있다.

87 Jean Jacques Rousseau , 프랑스의 작가·사상가(1712~1778). 이성보다는 감성을 중요시하는 낭만주의의 기초를 마련하였으며 인위적인 문명 사회의 타락을 비판하고 자연으로 돌아갈 것을 역설하였다. 저서에 《인간 불평등 기원론》, 《사회 계약론》 등이 있다.

다. 밀턴, 루소, 세르반테스 그 외에도 수많은 사람들과
우리 삼촌의 차이점을 쉽게 비교할 수 있는 방법은 … 이
모든 천재들은 빚을 하나도 지지 않았다는 점이겠다!

---

88 Miguel de Cervantes Saavedra , 스페인의 소설가(1547~1616). 풍자와
    유머, 사실적 묘사, 사회에 대한 비판적 작풍이 특색이다. 작품에 〈돈키
    호테〉 등이 있다.

결론
도덕성

삼촌의 글에서 가르치는 것과는 무관하지만,
바로 그 이유만으로도 내가 독자들에게
삼촌의 가르침을 따르라고 굳이 말하는 도덕성

하나님의 은총에 힙입어 빚을 지는 게 대수롭지 않고 채권자들이 채무자를 만나려고 대기실에서 잠잠히 기다리는 것을 그리 수치로 여기지 않았던 시절은 이제 지나버렸다.

옛날에는 왕궁에 속한 몇몇 젊은 군주들이 기원이 되었고 이후 모든 계층으로 무심히 퍼져나간 부채 문화인데, 그것으로 시민-정치-상업권의 원칙을 만들라는 작업은 우리의 존중하는 삼촌에게 주어졌다. 한마디로 말해, 갚지 않은 빚이 그 당사자들에게 오히려 번영이라는 것을 이렇게 책으로 증명하는 작업 말이다.

삼촌에게는 죄송하지만, 그의 글을 편집하는 동안 나는 삼촌의 비도덕성에 불만했고, 빚을 내지 않을 수 없을 때뿐 아니라 돈을 갚아서 더 이상 빚을 내지 않아도 되는 때에도 빚을 갚지 않도록 조언하면서 사용하는 방법들에 대한 농담들이 다소 씁쓸했다. 어떻게 빚을 졌든 간에 일단 빚들은 타인과 연관된 진지한 약속인지라, 거기에 존중이 결여되어서는 안 된다고 나는 생각한다.

나도 알고 모든 사람들도 익히 알고 있듯 이와 관련된 부조리한 상황들의 예는 우리의 풍습에 수두룩해서 쉽게 찾아볼 수 있다. 사회는 받아들이는데, 법은 처벌하는 경우들 말이다. 그런가 하면 법적 절차를 수행한다고 이른 아침부터 채무자들의 집을 들이닥치지만, 극장 무대에서는 그런 채권자들을 잔뜩 비웃는 연극들이 매일 저녁 상연되고도 있다. 그런데 채권자들은 별다른 성과도 없이 채무자들을 쫓느라 지치고, 끝도 없이 계속되는 채무자들의 기약이 지루하지만 그렇게라도 버티고 있으면 채무자가 새로운 부채를 만들어 빌려준 돈을 어느 정도 되받게 되기도 한다. 이 경우 채무자는 대개 일수업자들과 거래한다.

　이 암거래상들은 공식적인 소인이 찍힌 종이의 가치를 그 누구보다도 잘 알고 있어서 그들을 찾아오는 누구에게나 언제든 손을 내민다. 그렇게 해서 그들의 덫에 걸려드는 어리석은 사람들은 그제야 우리 삼촌의 말 '원하는 만큼 돈을 빌리되 서약서는 피하라'를 아무리 외쳐봐야 소용없다. 대신 엄청난 이자가 붙는 조건하에서 돈을 받게 된다. 그렇게 시간이 흐르고 정해진 기한이 되면 빚 독촉, 이어 그에 따른 판정이 따르게 된다. 다시 말해 '그동안 여러분을 도와주던 ○○ 씨는 여러분을 더 이상 도와줄 수 없다'는 식으로 말이다. 다음 날 아무것도 모르고 자신의 아지트인 파리 카페로 잔뜩 폼 잡고 들어서는데, 여러분의 옷차림이나 식욕은 아랑곳없이 그 즉시 상업재판소로 초대되고, 이어 널따란 네 벽으로 둘러싸인

곳에서 생활하기 위해 열쇠거리로 이송되는 것이다. 너그러운 아버지, 인자한 어머니, 내 편이 되어주는 애인, 관대한 친구 혹은 삼촌이 있어서 (물론 우리 삼촌하고는 다른) 여러분의 빚을 대신 지불해주고, 새 빚을 다시 질 수 있게 해줄 때까지.

그런데 말이다. 이런 중에도 위안거리는 하나 있다. 파리에서 이전처럼 빚으로 수입을 만들어내기가 나날이 어려워지고 있다는 점이다. 이 말은 곧 독창성이 발휘되던 우리 삼촌의 시대에 비해 상인들이 덜 어리석고, 노동자들의 참을성이 덜하고, 일수업자들의 수가 줄어들고, 부모와 애인과 친구들이 덜 관대하고, 법원들이 더욱 엄격해졌다는 말이겠다. … 그러니 부디, 우리 삼촌에게 하나님의 평화와 은총이 함께하기를!

역자 후기

꿈틀거릴 수 있는 자유

지금 이 책을 손에 들고 있는 독자들은 무엇보다도 이 책의 제목에 끌렸을 것이다. 나도 그랬다.

'뭐? 빚 갚는 기술이라고? 그것도 돈 한 푼 안 들이고? … 그런데 그 유명한 발자크가 썼다고?'

2020년 봄, 바야흐로 프랑스 전역에 코비드COVID-19 사태로 방역 봉쇄가 한창일 때였다. 코비드도 코비드이지만, 당시 내가 숨 쉬던 프랑스 공기 속에는 '돈 걱정하는 사람들의 축축하고 눅눅한 기운이 자욱했다'고 표현하면 지나칠까? 하지만 사실이 그랬다. 세상에 난리가 나서 하던 일도 멈춰야 했던 시기에 수많은 사람들은 '앞으로 먹고살 걱정'으로 나날이 표정이 어두워지고 있었다.

오늘이 힘들어도 내일이 나아질 수 있다는 기대나 희

망이라도 있으면 오뚝이처럼 발딱 일어나는 게 인간의 심리다. 그런데 우리가 당면한 사태의 미래는 가늠조차 해볼 수 없는 상황이었다. 그럴 때일수록 정신을 붙들고 있어야 하지만 희미하고도 까마득한 현실 때문에 정신이 더욱더 혼미해지고 있어서였을까? 유독 파리지엥이나 프랑스인들만 그런 것이 아니라 온 세상 사람들 대부분이 더욱더 물질로 자신을 괴롭혀갔다. 돈, 빚 … 거기에 장송곡을 배경음악으로 깔아주기라도 하듯, TV에서는 전 세계 사망자 수들이 마치 증가하는 증권 주가 그래프처럼 하루 종일 시끌벅적대었다.

'인간의 모든 현실적 고민은 돈으로 향한다.'

근대에 나타난 유물론은 그동안 세상을 샅샅이 점령해서 이제 확실히 정상에 오른 시대에 살고 있으니 '정신이여! 꿈틀대지 말고 항복하라!'의 분위기.

'그래도 꿈틀대고 싶은데…, 어떻게 해보지?'

그런 내 마음에 다가온 게 바로 이 책이다. 발자크의 꿈틀거림들…. 어쩌면 황당하기만 한 제목을 달고 있지만, 위트와 유머라도 섞어서 빚이라는 현실을 바라보지 않으면 그대로 항복하는 게 되어버릴 것이라는 인식에서 출발한 꿈틀거림. 그냥 단순히 채권자에게 눌리는 채무자가 아니라, 어디서든 언제든 그 빚을 조절할 수 있는 소비자의 자리를 매기는 꿈틀거림. 그 정도야 어떠하든 소비자에게는 늘 선택의 권한이 있다는 것을 잊지 말라는 꿈틀거림. 200년 전 프랑스 대문호 발자크의 꿈틀거리는 자유의지를 이 책을 통해 한국 독자들과 나누고자 한다.

오노레! 머리카락 보일라, 꼭꼭 숨어라!

발자크는 그의 문학적 명성에 못지않게 평생 빚더미에 앉아 있던 작가로도 유명하다. 그의 빚이 특별한 이유는 이렇다.

'20대부터 평생 빚을 지고 살았다. 그런데 따지고 보면 빚이 집필의 활력소였다.'

이런 배경을 독자들이 이해하도록 이 책에는 원서에 없는 두 편의 글을 특별히 추가 수록했다.

'발자크가 동생 로르에게 보낸 편지'는 이 책이 집필되고 출간되던 시기(1827년)와 동일하다. 편지에서 언급된 〈올빼미당원들〉을 발자크의 첫 성공작으로 뽑기도 하니, 우리는 바로 그 직전의 발자크 모습을 엿볼 수 있다.

한편, '샤를르 보들레르의 〈천재는 어떻게 빚을 갚는가?〉' 칼럼은 1844년의 글이니, 발자크가 40대 중반일 때다. 보들레르는 '발자크의 작품 속에서는 하찮은 인물도 천재'라며 평소 발자크의 천재성을 누구보다 인정했다. 칼럼의 서두에서 '아무에게도 말하지 말라'고 쓰고 있지만, 동시대인들의 여러 책을 살펴보면 발자크의 빚은 쉬쉬하는 극비도 아니었다. 왜? 이 책의 내용처럼 생산자(채권자)를 늘여야 소비(채무)도 증가하니까, 발자크는 꽤 많은 지인들을 생산자로 만든 게 분명하다.

동시대인으로 부유층에 속했던 라마르틴^{Alphonse de} Lamartine[89]은 그런 천재의 상황을 딱히 여겨서 기꺼이 돈을 빌려주려는 마음을 쓰고 있기도 하다. 그런데 빚에 쫓겨 어딘가에 숨어 있는 발자크이다 보니 도대체 만나볼 수가 없다는 안타까움.

그렇다고 발자크가 살아생전 무명이었다가 사후에 빛을 보는 작가도 아니었고, 20대 후반부터 벌써 대작가의 반열에 오르기 시작했다. '그런데 왜 평생을 빚지고 살았을까?'라는 의문도 생긴다. 그와 관련해서는 보들레르의 짧은 글에서도 조금 짐작된다. '(기후도 안 맞는 파리에서) 파인애플이 주렁주렁 달린 정원', '(철에 안 맞는) 장식의 별장' 등 발자크는 취향도 독창적이라, 괴이한 발상으

---

89 프랑스의 낭만파 시인이자 정치가(1790~1869). 아카데미 프랑세즈 회원, 국민의회 의원, 임시정부의 외무장관을 지냈다. 주요 작품으로 《명상시집》, 《그라지엘라》, 《왕정복고사》 등이 있다.

로 일상생활을 했다고 전해진다. 빚쟁이에게 쫓기는 신세이다 보니, 새 빚을 청구하거나 사업상 꼭 만나야 되는 사람들을 숨바꼭질이라도 하듯 스파이처럼 만남을 하기도 한 생활.

파리를 산책하다가 고목이라도 보게 되면 발자크가 떠오른다.

'저 나무 뒤에도 발자크가 숨었으려나? 그때는 선글라스도 없었을 텐데….'

글 쓰는 노동자

'옷이 닳을까 봐 외출도 자제하며 방에서 글만 쓰고 있는 생활이라 차라리 공짜 밥이라도 주는 감옥에 가는 게 낫겠다'고 동생에게 보낸 편지에 써져 있다. 가슴 아픈 내용이 아닐 수 없는데, 이처럼 발자크는 그 자신이 '글 쓰는 노동자'였다.

하루에 커피를 물 마시듯 들이키며 잠을 쫓고 글을 쓴다. 그래도 빚에 허덕이기는 마찬가지다. 이자가 늘어 눈덩이가 되고 있는 빚, 이번에 벌어서 지난 빚을 대체하고, 아직 생산하지도 않은 글을 보증으로 새로운 빚을 내는 체계. 손에 한 번 잡아보지도 못하고 그대로 사라져버리는 현금. 그러고 보면 발자크는 떼돈을 버는 생산자가 아니라 그 속에서 허덕이는 소비자, 즉 자본의 노예가 된 노동자였다.

그래서 감정이입이 더 잘되었을까? 발자크는 자신의 방대한 작품들 속에서 다양한 노동자들의 모습을 천재의 관찰력으로 묘사해낸다. 동시대 경제학자들의 글에서보다 발자크의 작품에서 노동자들의 모습을 더 많이 파악하게 된다는 엥겔스Friedrich Engels의 말이 이를 방증한다.

그만큼 당시대의 현실을 엿볼 수 있는 작품들을 쓴 발자크는 모두 잠든 밤 혼자 깨어 글을 쓴다. 어제도 오늘도 내일도. 죽을 때까지. 평상인과 패턴이 다른 일상과 분위기에서 천재의 머리에는 수많은 아이디어들이 스쳐 갔으리라. 그런 창의적인 아이디어들의 배경에 빚이 자리한다. 어떻게 보면 그 아이디어들을 종이 위에 옮기는 활력소가 빚이라고 해야 할지도 모르겠다. 게다가 그가 젊은 시절에 공부한 법학 탓인지 덕인지 아니면 타고난 본성인지, 그의 글에는 알게 모르게 윤리성이 깔린다.

그렇다. 제목에 끌려 이 책을 다 읽고 난 지금…도 우리의 빚은 그대로 고스란히 남아 있다. 도의적인 문학가가 해결하기에 빚은 '너무…하다'. 그럼에도 이런 감상이 남는 것은 나 혼자만일까?

　'얼씨구, 빚으로 한바탕 잘 놀았네, 그려.'

　빚으로 신나게 사물놀이 한판 하고 난 느낌을 전하는 이 책으로 독자들도 발자크처럼 꿈틀대며 빚을, 돈을 낭만화할 수 있는 생활을 하기를…. 까짓것 그저 돈일 뿐인데….

2023년 봄이 지체되고 있는 파리에서
돈을 우습게 여기(려)는 역자

작가 연보

이 책의 소재와 주제에 걸맞은 저자의 연보를 쓰기 위한 발자크의 은행 계좌나 부동산 목록 같은 자료가 있으면 좋을 텐데…. '돈, 돈' 하던 시대에 활개를 치고 살아간 발자크이긴 했으나 아직 은행이 개인 생활을 점령하지는 않았고 컴퓨터도 없었으니, 그런 자료들은 어디에도 없다. 그러고 보면 자본주의의 적나라한 모든 요소들이 사회 도처에 퍼져가던 19세기였지만 작금의 우리가 처해 있는 처지에 비하면 아주 물렁하고도 허술하다. 성명과 주민등록번호만 치면 개인정보가 컴퓨터에서 쭉 흘러나오는 우리 시대, 사채 잘못 썼다가는 목숨 붙이고 살기도 어려운 이 시대 아닌가.

발자크는 평생 엄청난 빚을 지고도 평생 꿈을 꾸며 살았다. '진 빚을 (다) 갚고 나면…'이라는 전제가 늘 붙긴

했지만. 진 빚을 다 갚기는커녕 도리어 늘어만 가는 빚을 안고 발자크는 여기저기 이사를 다닌다. 아이디어가 넘쳐나고 에너지도 왕성했던 발자크라 그런가. 파리에서만도 열 번 이상 이사를 했다는데, 빚쟁이를 피해 잠시 잠적해 있던 곳까지 합하면 훨씬 더 많았을 것이다. 파리 생활, 집필 생활 그리고 이사 생활. 이 세 가지의 생활이 발자크의 문학적 기반이 되는 생활이다. 그런데 이사하는 집이 갖추어야 할 필수 조건이 있다.

'정문은 당연히 있어야 하지만 여차할 경우 도망갈 수 있는 후문까지 겸비한 집'

파리 16구 파시Passy에도 그런 집이 있다. 1840년부터 1847년까지 생활했던 곳. 그곳은 현재 '발자크의 집 (Maison de Balzac)'이라 불리는데, 일종의 발자크 소박물관이 되었다. 아파트 건물 중 일부만인데 주방 하나, 거실 하나, 방 하나 갖추어진 단출한 곳이었다. 당시 발자크는 미래의 아내가 될 한스카Eveline Hanska[90]에게 보내는 편지에 이렇게 쓰고 있다.

당신이 이 편지를 받고 나서 내게 보내는 편지는 다음의 주소로 보내시오.
M. de Breugnol

Rue Basse, n° 19 à Passy.

당분간 여기서 숨어 지낼 생각이오. … 어쩔 수 없이 후다닥 이사해야만 했소.

브르뇰Breugnol은 발자크가 세입자로서 계약할 때 사용한 이름이다. 그 바로 전에 살았던 곳에서는 아예 여자의 이름으로 계약을 하기도 했다. 한스카에게 1840년 11월에 쓴 편지이니, 발자크가 마흔 줄에 들어선 지도 벌써 1년이 넘었을 때다.

그래, 시작점으로 한번 가보자. 빚이 하나도 없던 시절로!

1799년 5월, 프랑스 중부 뚜르에서 태어났다.

---

90 폴란드의 백작 부인이자 발자크의 아내(1805~1882). 1820년대 후반에 발자크의 소설을 읽기 시작했고, 1832년에 발자크에게 익명의 편지를 보냈다. 이를 계기로 수년에 걸쳐 서신을 주고받았는데, 그녀가 기혼자였음에도 그들의 우정은 결국 깊고 열정적인 사랑 관계로 발전했다. 1850년 마침내 발자크와 결혼을 하며 파리로 이사했지만, 5개월 후에 발자크는 사망했다. 여러 면에서 그녀는 발자크에게 완벽한 뮤즈로 평가받는다. 발자크의 삶과 글에 대한 그녀의 영향은 아무리 강조해도 지나치지 않으며, 그녀는 프랑스 문학사에서 가장 매혹적인 인물 중 한 명으로 남아 있다.

1803년 4년 동안 유모와 보내다가 가족에게로 돌아간다.
모성애의 자리는 출생 때부터 늘 비어 있었다.

1807년 다시 프랑스 중부 방돔Vendôme의 중등학교 기숙
사로 들어간다. 오직 도서관에서 독서광으로 6년
동안 한 번도 귀가 하지 않고 거기서 보냈다.

1813년 극도로 몸이 허약해져서 학교 측에서 강제로 귀
가시킨다. 이 상황을 후세들은 식음을 전폐하고
책만 읽던 시절, 문학적 상상력을 잔뜩 잉태하
던 시절이라고 평한다.

1819년 아버지의 퇴직으로 가족이 파리 근교 빌파리지
Villeparisis에 정착하자, 같이 이사하기를 거절하
고 파리에 남아서 문학적 성공을 꿈꾼다.
이 시기에 어머니가 묻는다.

어머니: 넉 달만 있으면 이제 네 나이도 스물한 살
이 되는데, 대체 너는 뭘 하고 싶은 게야?
발자크: 제가 꼭 하고 싶은 것은 문학이에요.
어머니: 그렇다면 미친 게로구나?

발자크: 아니에요. 작가가 되고 싶어요.

어머니: (남편을 쳐다보면서 격앙된 어조로) 어이구, 당신 아들이 빈곤에 남다른 취향이 있나 보네요.

아버지: (그 말에 끼어들며) 그래, 병원에 가면 배고파서 죽는 사람들이 많지.

어머니: 오노레, 우리는 벌써 네 미래를 결정했다. 공증인으로.

아버지: 설마 작가라는 직업이 너를 대단한 자리로 이끌 거라고 여기는 것은 아니겠지? 문학에서 형편없는 사람이 안 되려면 (문학의) 왕이 되어야 하는데.

발자크: 그래요? 그럼, 저는 왕이 될 거예요!

- 에드몽 베르데Edmond Werdet,《Portrait intime de Balzac(발자크의 친밀한 초상화)》(1859) 중에서

어머니는 형편없는 월셋집에 아들을 집어넣고 형편없는 생활비를 보낸다. 혹자는 발자크의 나이든 여자에 대한 남다른 애정의 원인을 모성애의 부재로 설명하기도 한다.

　이때가 바로 발자크가 본격적으로 집필과 궁핍의 생활을 시작하게 된 시기다.

내가 어떻게 사는지 알고 싶니? 바로 이렇게 살고
있다! 내가 뭘 샀는지 어머니에게도 썼는데, 네가
알게 되면 아주 놀랄걸. 다름이 아니라 하인 한 명
을 샀다. 그래, 하인을. 근데 이름이 뭔지 아니? 이
름이 바로 '나 자신'이다. 나 자신은 게으르고, 엉성
하고, 예측이 불가능해. 주인이 배고프고 목말라도
어떨 때는 제공할 빵도 물도 그에게는 없어. 나는
일어나자마자 나 자신을 불러서 내 방을 청소하게
하지.

나 자신아! 네, 주인님? (⋯) 이제 나 자신이 아닌
내 이야기를 해볼까?

– 1819년 동생 로르에게 보낸 편지 중에서

이렇게 시작되는 문학계 데뷔 시절, 발자크는
글들을 익명이나 가명으로 발표한다. 'Horace de
Saint-Aubin, lord R'hoone, dom Rago' 등 남녀노
소 가리지 않고, 국적도 다양하다. 그런가 하면
실재하는 작가들의 이름으로 발표하기도 하는
데, 어느 정도의 공동 작업을 했을 수도 있고, 작
가의 허락을 받아 이름을 차용했을 수도 있다.

오늘 밖에서 우리 동네에 사는 V 씨와 F 씨를 봤다. 혹시 나를 봤다고 말하면, 내가 아니라고 말하거라. 더욱이 나는 아무도 닮고 싶지 않다!

- 1819년 동생 로르에게 보낸 편지 중에서

1820년 성공한 천재, '절대적인 발자크'가 되기 전에는 그 누구도 닮고 싶지 않았기 때문일까? 성공하지 않은 그 자신의 모습을 부인할 정도로? 언제든 가명과 익명을 취할 수 있는 '상대적인 발자크'로 남으면서?

천재성이 있건 없건, 두 경우 모두 서글프기는 매한가지다. 내게 천재성이 없다면, 나는 벌써 작살난 거다! 충족되지 못하는 욕구, 형편없는 질투, 서글픈 고통으로 들끓으며 평생을 살아야 할 테니. 천재성이 있다면, 그 또한 스캔들로 시끄러워지겠지. 하긴 영광이라는 아가씨가 그것을 감싸주긴 하겠지만….

- 1820년 동생 로르에게 보낸 편지 중에서

1822년 천재성이 겸비되었든 아니든 완성되지 못한 글,

완성되었으나 발표되지 못한 글이 수두룩했다. 그런 중에도 익명과 가명으로 발표한 글들이 조금씩 팔리기 시작한다.

그동안 앙리(남동생)는 컸는데, 오노레는 하나도 안 컸다! 그래도 그의 명성은 나날이 조금씩 커지고 있다. 다음처럼.

L'Héritère de Birague 800프랑

Jean -Louis 1300프랑

Clotilde de Lusignan 2000프랑

- 1822년 동생 로르에게 보낸 편지 중에서

발자크는 그렇게 다양한 이름으로 엄청난 집필을 하고 조금씩 알려져 간다. 하지만 이렇게 찔끔거리는 성공의 진도가 그에게는 만족스러울 리 없다. 게다가 20대의 혈기 왕성한 조급함은 자제하기도 어려웠다.

1826년 그래서일까, 인쇄소를 차려서 운영한다. 글을 써서 유명해질 수 없으니 차라리 책들을 생산해서 부자가 된다? 이 책《빚 갚는 기술》도 이때 출간된다. 익명으로. 1826년부터 1828년까지 존재하다가 결국 파산하고 마는, 극도로 짧은 수명의 인쇄소는 주인에게 빚만 엄청나게 남기고 영원한 작별, 아듀Adieu를 고한다.

훗날 여동생 로르는 오빠의 삶에서 두 가지 실패를 언급하면서, 출간인과 인쇄인이라고 했다. 사실 발자크는 인쇄 사업을 하기 직전에 서점과 손을 잡고 출간인을 한 적이 있다. 그때 서둘러 획기적인 아이디어를 낸다. 다름 아니라, 고전들을 작가별로 묶어서 소책자로 펴내는 것이다. 그 시발점으로 몰리에르Molière[91]와 라퐁텐Jean de La Fontaine[92]의 작품들을! 작가별로 한 권에 여러 작품을 모두 수록하려니 대폭 줄어든 모양

---

91 프랑스의 극작가·배우(1622~1673). 본명은 장 밥티스트 포클랭(Jean Baptiste Poquelin). 코르네유(Pierre Corneille), 라신(Jean Racine)과 함께 프랑스 고전극을 대표하는 인물로 여러 가지 복잡한 성격을 묘사함으로써 프랑스 희극을 시대의 합리적 정신에 합치되는 순수예술로 끌어올렸다. 작품에 〈타르튀프〉, 〈동 쥐앙〉, 〈인간 혐오〉, 〈수전노(守錢奴)〉 등이 있다.

92 프랑스의 고전주의 시인·우화 작가(1621~1695). 음악적·회화적인 시구를 구사하여 자연스럽고 우아한 시를 썼으며, 우화집 12권은 동물에 빗대어 보편적인 인간 전형을 그린 우화문학의 걸작으로 평가를 받는다. 작품에 〈우화시〉 등이 있다.

새, 거기다 삽화까지 들어간 책은 이제껏 한 번
도 보지 못한 크기와 구성의 낯선 책으로 세상
에 나온다. 획기적인 아이디어에 익숙하지 않은
독자들의 반응은? 썰렁하다 못해 꽁꽁 얼어붙
었다. 내용은 많은데 글씨는 작아서 읽기도 어
렵다는 이 책들은 20여 권 팔렸다는 씁쓸한 소
식. 그렇다 보니 출간 예정 목록에 있던 다른 고
전들은 세상의 빛도 보지 못한다. 책 크기나 두
께를 줄이고 삽화까지 넣은 구성의 책들은 그러
고도 한참 후에 대유행을 하게 되니, 천재는 시
대를 앞서도 너무 앞서서 더 외롭다.

1829년　이런 여정을 거치면서, 서른 즈음에 발자크는
그의 생에서 처음으로 성공한 작품이라는 평을
듣게 되는 《올빼미당원들》을, 그것도 처음으로
본명으로 발표한다. 이 책은 그로써 '공식적으
로' 발자크의 첫 작품이 된다. '《올빼미당원들》
을 비롯하여 90여 권의 소설과 산문을 썼다'는
발자크 소개 글의 원류가 바로 여기서 나온다.
　　이후 '사실주의'의 탄생을 알리게 될 대문호의
삶에는 늘 그렇듯 '사실적인 너무나 사실적인'

익명, 가명, 무명의 고통이 있었던 것이다. 그 뒤에도 익명과 가명이 완전히 사라지지는 않고 아주 가끔 등장하기도 하지만, 이제 발자크는 유명세를 타고 동시대인들도 인정하는 천재 문학가의 자리를 차지한다.

이 글은 익명으로 쓰고 발자크 인쇄소에서 인쇄된 책 《빚 갚는 기술》의 연보인 만큼, 우리는 무명의 발자크 연보로 그치기로 한다. 그의 영광을 동반해주는 연보들은 한국에 번역된 유명한 발자크의 책들 속에도 많으니까. 유명한 발자크는 덜 외로울 테니까. 우리는 가난하고 무명이었던, 그래서 남달리 외로운 젊은 발자크 곁에 이렇게 남는다.

그래도 미련이 남는 독자들을 위해 지금은 소박물관이 된 파리 16구의 '발자크의 집' 주소를 남긴다. 거기를 방문해서 혹시 발자크가 있는지 여기저기 두드려 보기를…. 모르긴 해도 벌써 뒷문으로 도망을 가버렸겠지만…. '빚만 갚고 나면…'이라고 중얼거리면서….

발자크의 집 주소 https://www.maisondebalzac.paris.fr

마지막으로, 색다른 질문 하나를 하면서 색다른 연보를 접기로 하자.

다음 중 '돈이 있다/없다'와 '꿈이 있다/없다'가 지금의 당신 처지에 맞는 논리로 표현된 것은 무엇인가?

① 돈도 없고 꿈도 없다
② 돈도 있고 꿈도 있다
③ 돈은 없지만 꿈은 있다
④ 돈은 있지만 꿈은 없다
⑤ 돈이 있어서 꿈도 있다
⑥ 돈이 없어서 꿈도 없다
⑦ 돈이 있어야 꿈도 있다
⑧ 돈이 없어서 꿈이 더 많다.
⑨ 아무 생각이 없다

역자가 생각하기에, 발자크는 ⑧번을 고르지 않았을까….

천재는 어떻게 빚을 갚는가?[93]

Comment on paie ses dettes quand on a du génie

———

샤를르 보들레르Charles Baudelaire[94]

다음에 소개하는 일화는 아무에게도 말하지 말라는 신신당부를 하면서 어떤 이가 내게 들려준 얘기다. 바로 그 이유로 나는 여기서 모두에게 알리려고 한다.

그는 서글펐다. 짙은 눈썹과 두툼한 입술이 평소보다 더 긴장되고 실룩거려 보이는 것이나, 오페라 부근의 골목길을 걷다가 갑자기 멈추어 서버리는 태도로 보아 하니 … 그는 서글펐다.

93　1845년 11월 24일자 《르꼬르세르-사탄(le Corsaire-Satan)》 신문에 실린 글이다. 이 신문은 《르꼬르세르》와 《사탄》 두 신문을 병합해 1844년부터 간행된 유명한 풍자 신문이다.

94　프랑스의 시인(1821~1867). 심각한 상상력, 추상적인 관능, 퇴폐적인 고뇌를 집중시켜 악마주의라고도 할 수 있는 시집 《악의 꽃》을 출판하여 프랑스 상징시의 선구자가 되었다. 작품에 평론 〈나심(裸心)〉, 산문시 〈파리의 우울〉 등이 있다.

그래 바로 그다. 상업적이고도 문학적으로 19세기에 가장 뛰어난 인재. 마치 금융가의 사무실처럼 온통 숫자로 수 놓여 있으면서도 동시에 시적인 뇌의 소유자. 그래 바로 그다.

앞뒤도 가리지 않고 환상적인 사업을 섣불리 하다가 신화에나 나올법한 획기적인 파산을 하고, 끊임없이 절대적인 것을 찾아서 꿈을 한껏 좇는, 인간희극人間喜劇[95] 중에서도 가장 아리송하고 가장 희극적이고 가장 흥미롭고 가장 만만치 않은 인물. 그가 쓴 맛깔스런 글들만큼이나 현실에서도 믿기지 않을 만큼 독창적인 인물. 재능과 거만함으로 넘쳐나는 통통한 악동, 너무나 많은 장점을 가진 동시에 너무나 괴상하기도 해서 이것을 인정하면 저것을 잃게 될 터라 감히 딱 잘라 평가할 수도 없는, 바로 그래서도 치명적인 그의 괴물성에 대해 이러쿵저러쿵 해댈 수도 없는!

그런데 이 대단한 인물이 도대체 왜 이토록 암울해 보이는 것일까. 저런 모습으로 길을 걷고 있으니. 불룩 튀

---

95 발자크가 1842년에 자기의 소설 전체에 붙인 제목. 풍속 연구, 철학적 연구, 분석적 연구의 세 부문으로 나누어 19세기 전반 부르주아지 발흥기의 프랑스 사회와 그 사회를 살아가는 인간들의 전체상을 사실주의 수법으로 묘사하였다. 1842~1848년에 간행되었다.

어나온 배까지 닿을 정도로 턱을 축 내리깔고, 그 스스로 '나귀 가죽(La peau de chagrin)[96]'이라도 재현해보려는 듯 잔뜩 이마를 찌푸린 채로 말이다.

넝쿨에 주렁주렁 달려 있는 파인애플이라도 꿈꾸고 있는 걸까? 무슬린이 멋지게 늘어진 거실이 구비된 나지막한 별장이라도 꿈꾸는 걸까? 마흔 줄의 어떤 공주가 이 천재에게 딱 어울리는 야릇하고 은근한 시선이라도 던졌던 걸까? 그도 아니면 거대한 산업적 생산 기계 같은 그의 뇌가 그동안 쏟아 놓았던 그 수많은 발명품 때문에 이제 기진맥진해버린 걸까?

아니다. 그런 게 아니다. 이 대단한 인물의 서글픔이란 너무나 현실적이며 하찮고도 가소로운 종류다. 우리도 익히 알고 있는, 평범한 고뇌 속에 그도 자리하고 있다. 그는 시곗바늘에 시선을 꽂아 기회와 함께 훨훨 달아나버리는 매분 매초를 헤아리고 있었다. 발명의 천재인 그는 치명적인 시간이 다가오는 속도에 맞춰서, 동시에 줄어들고 있는 시간의 비율에 맞춰서 자신의 힘을 두세 배로 분배해야 한다는 걸 감지했다. 《Théorie de la lettre de change(빚 청구서의 원리)》의 저자인 그는 내일이 되면

96　발자크가 1831년에 발표한 소설 제목.

1200프랑의 빚을 갚아야 하는데, 그렇듯 벌써 저녁이 깊어가고 있었다.

이런 상황에서 자신을 누르는 압박감, 긴박감, 조바심으로 오히려 정신이 번쩍 들어 기대하지도 않은 대안이 불현듯 튀어나오는 일도 가끔 있긴 하다.

모르긴 해도 이 위대한 소설가에게도 그런 일이 일어난 것 같다. 왜냐하면 입가로 굵은 선을 그으며 경직되어 있던 그의 입술에 미소가 감돌기 시작했기 때문이다. 이어 시선을 바로잡은 우리의 주인공은 조용히 몸을 추스르고 나서 씩씩한 발걸음으로 리슐리외Richelieu 거리로 들어섰다.

그는 어떤 집으로 올라갔는데, 거기에는 너무 부자라서 낮에도 따뜻한 난로 옆에서 차나 마시며 소일하는 한 사업가가 살고 있었다. 우리의 주인공은 자신의 명성에 걸맞은 대접을 받으며 집 안으로 안내되었다. 그리고 몇 분 후 자신의 방문 목적을 설명했다.

"내일모레 《르시에클le Siècle》과 《데바Débats》 신문의 '프랑스인들이 직접 묘사한 프랑스인의 다양성' 연재 편에 제가 직접 쓰고 제 서명까지 찍히는 두 편의 기사를 싣고 싶지 않으세요? 그렇다면 제게 1500프랑을 선불로 주세요. 신문이 불티난 듯 팔릴 겁니다."

이 사업가는 이런 식의 선불 기약을 해준 모양이다. 하긴 그의 글은 그 즉시 효과가 드러나니까. 그렇다 보니 이 자는 반가워하며 첫 연재물이 나가자마자 1500프랑을 지불하겠노라고 다짐했다. 그러고 나서 그는 오페라 쪽으로 점잖게 다시 발걸음을 돌렸다.

몇 분 걷다가 어떤 왜소한 젊은이를 발견했다. 성깔 있어 보이는 자태의 청년인데, 그가 쓴 글 〈la Grandeur et décadence de César Birotteau(세자르 비로토의 흥망성쇠)〉[97]에 서문을 써준 적이 있었다. 이 젊은이로 말할 것 같으면 도덕성이 결여되고 우스꽝스럽고도 환상적인 글로 신문 업계에서는 이미 평판이 나 있었다. 당시는 피에티즘[98]이 아직 그를 갉아먹고 있지 않은 터라 극도로 종교성이 부족한 글들을 꺼리지 않고 쉽게 쓸 수 있었다.

"에두아르, 내일 당장 150프랑을 벌어보고 싶지 않은가?"

"(경탄하고 놀라며) 네?"

"음, 그렇다면 나랑 커피나 한잔 같이 하세."

젊은이는 타오르는 궁금증을 억제하면서 커피를 마

---

97   발자크가 1837년에 발표한 소설.
98   17세기 프랑스 알자스(Alsace)에서 일어난 프로테스탄트(Protestant) 운동.

셨다.

"에두아르, '프랑스인들이 직접 묘사한 프랑스인의 다양성' 연재 편의 3단[99]이 내일 아침에 필요하다네. 그러네. 바로 내일 아침일세. 그 글이 내 손으로 써지고 내 서명까지 찍혀져 내일 아침에 나가야 한다네. 이 점이 정말 중요하다네."

우리의 위대한 인물은 존경스럽기까지 할 정도로 좀 거창하고도 엄숙한 어투로 말했다. 접대할 수 없는 친구에게 가끔 그가 다음처럼 말하듯이 말이다.

'이거 수천 번 미안해서 어쩌지. 자네를 이렇게 문 앞에서 돌려보내야 하다니. 사실은 지금 안에서 한 왕자님과 머리를 마주대고 앉아 있는 터라···. 다른 이도 아니고 왕자님이니 어떻게 다른 도리가 없지 않은가. 이해해 주겠지!'

에두아르는 약속한다는 표시로 손끝을 내밀어 보이고는 성급하게 달려 나갔다.

우리의 위대한 소설가는 두 번째 글을 나바랑Navarin 거리에서 해결한다.[100]

이로써 첫 번째 글은 그 다음다음 날 《르시에클》에

99　신문의 지면을 나눈 구획 중 3개의 단.

실린다. 그런데 이상한 것은 그 왜소한 인물의 이름이 나 이 위대한 인물의 이름이 써져 있지 않고 〈라보엠La Bohême〉으로 잘 알려져 있는 제3자의 이름이 써져 있다. 오페라 코믹L'Opéra Comique[101]에서 (거세하지 않아 거친) 고양이에 대한 각별한 사랑을 보인 인물 말이다.[102]

두 번째 친구, 즉《데바》신문을 담당하는 이는 이전에도 그랬고 지금도 여전히 그렇듯이 원래가 뚱뚱하고 게을러서 반응이 둔하다 보니 신문의 세 칸을 비우는 작업 진행은 더 느려서, 인디언의 목걸이 방식으로 단어를 늘어놓고 줄 짓는 것을 어떻게 해야 할지 생각도 없고 할 줄도 몰랐다. 결국 그 글은 며칠 더 지나서《데바》신문이 아니라《라프레스la Presse》신문에 실리게 된다.

자, 이렇게 해서 1200프랑의 빚을 수표로 갚았을 뿐 아니라 모두가 만족한다. 단지 신문 출간만 빼고. 그렇다

---

100 첫 번째 글의 게재 건은 에두아르와 해결했고, 두 번째 글의 게재 건은 나바랑 거리에서 해결했다고만 썼다. 뒤에 이어지는 글의 '두 번째 친구, 즉《데바》신문을 담당하는 이'를 통해 누구인지 짐작할 수 있다.

101 파리에 있는 오페라 상연 극장. 당시 파리에서 오페라는 왕실의 전유물이었다. 오페라 코믹은 왕실 오페라의 무겁고 장엄한 기류에 반발해 서민들이 즐길 수 있는 오페라를 상연할 목적으로 세워졌다. 〈세비야의 이발사〉, 〈라보엠〉, 〈라크메〉 등 유명 오페라가 이곳에서 초연됐다.

102 즉, 익명으로 썼다는 말.

고 그가 만족하지 않았다는 말은 아니다. 단지 완전히 만족한 건 아니고 '거의' 만족했다고 해야 할 것이다. 왜냐하면 그 돈은 지난번에 진 빚을 갚은 것이라…. 재능이란 바로 이런 것이다.

누군가 이 얘기를 신문 한편에 실리는 유머 정도로 여기며 우리 세기의 가장 위대한 인물의 영광에 똥칠하는 짓이라고 생각한다면, 그건 오히려 잘못된 생각이다. 여기서 내가 말하고자 하는 것은 이 위대한 작가에게는 가장 신비롭고도 괴상한 소설을 쓰는 재주만큼이나 쉽게 '빚 청구서'를 쓰는 재주도 있었다는 말이다.

발자크가 동생 로르에게 보낸 편지[103]

사랑하는 로르에게.

네가 보낸 편지 때문에 이틀 낮과 밤을 심란하게 보냈다. 미라보Mirabeau[104]가 당신의 부친에게 그랬던 것처럼, 나도 하나둘 따져가며 나 자신을 정당화해보려고 그 내용을 곱씹고 또 곱씹어보았다. 하지만 그 이야기는 여기에 쓰지 않으련다. 일단은 시간이 없을 뿐 아니라 무엇보다도 내가 잘못한 게 없기 때문이다.

내 방에 있는 물건들에 대해 이러쿵저러쿵 말이 많은

---

103 1827년에 발자크가 동생 로르에게 보낸 편지다. 이 편지는 칼비레비 출판사가 1876년에 출간한 발자크의 편지집 1권《Correspondance de H. de Balzac 1819-1850》에 실려 있다.

104 Honoré-Gabriel Riqueti de Mirabeau, 프랑스의 정치가이자 웅변가 (1749~1791). 프랑스혁명 초기에 삼부회(三部會)의 제3신분의 대표로서 활약하였고, 국민의회 성립에 중요한 역할을 하였다.

데, 그 가구들은 내가 파산[105]하기 전부터 거기에 있던 것들이고, 그중 내가 산 것은 하나도 없다! 구설수에 오르고 있는 파란색 고급 벽지는 우리 인쇄소에서 가져 와서 이전의 더러운 벽지 위에다 내가 라뚜쉬Latouche[106]와 함께 손수 붙인 것이다. 내 방에 있는 책들은 나의 도구들이니 팔 수가 없을 뿐 아니라 그 책들 덕에 그나마 집의 격을 유지할 수 있다. 게다가 책들은 사실상 사고 팔지도 않는다. (불행하게도 부자들끼리만 사고 판다.) 한마디 더 보태자면, 사실은 내가 이런 것들에 연연해하고 있지도 않아서 채권자들 중 누군가 혹여 나를 생뜨펠라지에 집어넣기라도 하면 오히려 반가울 지경이다. 그러면 돈 한 푼 안 들게 될 테니까. 갇히는 것으로 따지면 이렇게 집에서 일에 갇혀 있는 것과 별반 다르지도 않을 테니까.

편지 전달비, 마차비는 요즘의 내게는 사치일 뿐이다. 옷이 닳을까 봐 외출도 삼가고 있다면, 무슨 말인지 알아듣겠니?

---

105 이 편지를 작성한 시점은, 발자크가 운영하던 인쇄소가 어마어마한 파산을 하고 양도된 직후다.

106 Henri de Latouche, 프랑스의 시인이자 소설가(1785~1851). 발자크의 친구인데, 발자크의 인쇄소가 파산한 시기에 그를 재정적으로 크게 도우며 집 장식에도 참여한 것으로 알려진다.

그러니 내가 엄두도 내지 못하는 여행, 나들이, 계획 등을 거론하면서 나를 괴롭히지 말거라. 나는 풍요를 좇아 보낼 시간도 그런 류의 소일거리도 없으며 최소한의 소비도 할 여력이 없다는 것을 알아둬라.

게다가 내가 여전히 글쓰기에 집착하고 있다는 것을 가족들이 한번 생각해준다면, 내가 이런 편지나 쓰고 있게 만들지는 않을 것이다. 지친 뇌와 불편한 마음으로 어떻게 글을 쓸 수 있겠니! 더욱이 이렇게 괴로운 말들만 늘어놓게 되니, … 다 부질 없구나. 내가 작업하기에 앞서 사업과 관련해서 처리해야 할 편지들이 어떨 때는 하루에 7, 8통이나 된다는 것을 좀 이해해줄 수는 없는지?

〈Les Chouans(올빼미당원들)〉[107]을 끝내려면 아직 2주 정도 남았다. 그러니 그때까지는 오노레라는 사람이 존재하지 않는다고 여기면 된다. 쇠를 한창 녹이고 있는 사람을 굳이 건드릴 필요는 없지 않겠니.

사랑하는 동생아, 그렇다고 해서 너 때문에 이런 글을 쓰고 있다고는 생각 말거라. 그러면 내 마음이 편치 않다. 만일 아버지가 편찮으시기라도 하면 내게 알려주겠지? 너도 알다시피 인간적인 어떠한 장애도 내가 아버지

---

107 발자크가 1829년에 발표한 소설.

를 보러 가는 것을 막을 수는 없다.

동생아, 내가 아무에게도 손을 내밀지 않고 살 수 있어야 한다. 모두에게 진 빚을 갚기 위해서라도 분발해서 일하며 살아야 하지 않겠니! 일단 내 책, 〈올빼미당원들〉이 끝나면 그것을 들고 집에 한번 들르마. 그렇다고 작품이 좋으니 나쁘니 평가하는 것을 듣고 싶지는 않다. 가족과 친구들은 저자를 평가할 수가 없는 법이다.

늘 내 의도를 방어한다고 수고가 많은, 그 분야에서 챔피언인 동생아, 늘 고맙구나. 이런 내 마음의 빚을 갚을만큼 내가 살 수 있을지…?

고전으로 오늘 읽기

빚 갚는 기술
돈 한 푼 안 들이고 채권자 만족시키기

펴낸날   1판 1쇄 2023년 3월 22일

지은이   오노레 드 발자크
옮긴이   이선주
펴낸이   윤미경

펴낸곳   (주)헤이북스
출판등록 제2014-000031호
주소   경기도 성남시 분당구 황새울로 234, 607호
전화   031-603-6166
팩스   031-624-4284
이메일   heybooksblog@naver.com

책임편집 김영회
디자인   류지혜
일러스트 조영글
찍은곳   한영문화사

ISBN   979-11-88366-77-4 03860